"O maior de todos, o romancista mais genuíno que já existiu."

ANDRÉ GIDE

"Adoro ler Simenon. Ele me faz pensar em Tchékhov."

WILLIAM FAULKNER

"Soberbo... O mais viciante dos escritores... Um contador de histórias singular."

THE OBSERVER

"Intenso, implacável, brilhante."

JOHN GRAY

"Um dos maiores escritores do século XX... Simenon era inigualável na capacidade de nos fazer olhar para dentro, embora sua habilidade fosse disfarçada pela maestria em nos manter obsessivamente absorvidos por suas histórias."

THE GUARDIAN

"Um escritor supremo... Vivacidade inesquecível."

THE INDEPENDENT

"Um escritor que, mais do que qualquer autor policial, combinava grande reputação literária com apelo popular."

P. D. JAMES

"Um escritor maravilhoso... admiravelmente fluente – lúcido, simples, absolutamente afinado com o mundo que criava."

MURIEL SPARK

"Seus romances são extraordinárias obras-primas do século XX."

JOHN BANVILLE

Georges Joseph Christian Simenon nasceu em 12 de fevereiro de 1903 em Liège, na Bélgica. Começou a trabalhar para um jornal local aos dezesseis anos. Aos dezenove, embarcou para Paris a fim de dar início à carreira de romancista. Começou a publicar histórias, sob vários pseudônimos, em 1923. Escreveu 75 romances e 28 contos protagonizados pelo comissário Maigret.

O total de sua produção ultrapassa os quatrocentos livros, entre os quais estão os famosos "romances duros", reputados entre os de maior densidade psicológica da literatura europeia. O realismo sombrio de seus textos fez dele um dos autores mais adaptados para o cinema e a TV.

Faleceu em 1989, em Lausanne, na Suíça, onde passou a maior parte da vida.

GEORGES SIMENON

O enforcado de Saint-Pholien

Tradução
André Telles

COMPANHIA DAS LETRAS

Grafia atualizada segundo o Acordo Ortográfico da Língua Portuguesa de 1990, que entrou em vigor no Brasil em 2009.

Título original
Le Pendu de Saint-Pholien

Capa
Alceu Chiesorin Nunes

Preparação
Ciça Caropreso

Revisão
Huendel Viana
Márcia Moura

Dados Internacionais de Catalogação na Publicação (CIP)
(Câmara Brasileira do Livro, SP, Brasil)

Simenon, Georges, 1903-1989.
O enforcado de Saint-Pholien / Georges Simenon : tradução André Telles. — 1ª ed.: Companhia das Letras, 2014.

ISBN 978-85-359-2515-2

Título original: Le pendu de Saint-Pholien

1. Ficção policial e de mistério (Literatura francesa)
2. Romance francês I. Título.

14-02493 CDD-843.0872

Índice para catálogo sistemático:
1. Ficção policial e de mistério : Literatura francesa
843.0872

[2014]

EDITORA SCHWARCZ S.A.
Rua Bandeira Paulista, 702, cj. 32
04532-002 - São Paulo - SP
Telefone: (11) 3707-3500
Fax: (11) 3707-3501
www.companhiadasletras.com.br
www.blogdacompanhia.com.br

Sumário

1. O crime do comissário Maigret

Ninguém percebeu o que estava em curso. Ninguém desconfiou ser um drama o que se desenrolava no saguão da pequena estação ferroviária, onde, em meio a um odor de café, cerveja e limonada, seis passageiros aparentemente entediados aguardavam.

Eram cinco da tarde e já escurecia. As luzes haviam sido acesas, mas, através dos vidros, no vapor do cais, ainda era possível perceber os funcionários alemães e holandeses da alfândega e da ferrovia movimentando-se de um lado para o outro.

A estação de Neuschanz está cravada no extremo norte da Holanda, na fronteira alemã.

Estação irrelevante. Neuschanz é uma simples aldeia. Nenhuma linha importante passa lá. Há um trem de manhã e um à noite, para os operários alemães, que, atraídos pelos salários polpudos, trabalham nas fábricas holandesas.

E o mesmo ritual se repete todas as vezes. O trem alemão para numa ponta da plataforma. O trem holandês espera na outra.

Os funcionários de boné laranja e os que vestem uniforme verde-claro ou azul-da-prússia encontram-se e compartilham o horário de expediente dedicado às formalidades alfandegárias.

Como são apenas cerca de vinte passageiros por trem, e tão assíduos que tratam os aduaneiros pelo nome, tais formalidades são cumpridas rapidamente.

E vão todos se sentar na cantina, que é igual a todas as cantinas de fronteira. Os preços são informados em *cents* e *pfennig*. Uma vitrine oferece chocolate holandês e cigarros alemães. Toma-se genebra e schnaps.

O marasmo reinava naquela noite. Uma mulher cochilava junto à caixa registradora. Um jato de vapor escapava da cafeteira. A porta da cozinha estava aberta e ouviam-se os chiados de um telégrafo em que um menino mexia.

Era a rotina, não obstante alguns detalhes bastavam para carregar a atmosfera com uma nuvem de aventura e mistério.

Os uniformes dos dois países, por exemplo! Aquela mistura de cartazes anunciando os esportes de inverno alemães e a Feira Comercial de Utrecht...

Um vulto a um canto: um homem na casa dos trinta anos, com as roupas puídas até a trama, rosto sem cor, barba por fazer, na cabeça um chapéu mole de um cinza indefinível, que talvez tivesse atravessado toda a Europa.

Chegara no trem da Holanda. Havia mostrado a passagem a Bremen e o funcionário lhe explicara, em alemão, que ele escolhera a linha menos direta, pela qual não circulavam expressos.

O homem fez sinal de que não havia entendido. Pediu um café, em francês, e todos se voltaram para ele com curiosidade.

Tinha os olhos inquietos, afundados nas órbitas. Fumava, mantendo o cigarro grudado no lábio inferior, e esse simples detalhe bastava para exprimir fastio ou desprezo.

A seus pés, uma pequena mala amarela, de couro sintético, dessas que se veem à venda em todos os bazares. Era nova.

Uma vez servido, ele puxou do bolso um punhado de dinheiro trocado, cédulas francesas, belgas, além de moedinhas de prata holandesas.

A garçonete foi obrigada a pegar ela mesma as moedas de que precisava.

Chamava menos atenção um passageiro sentado na mesa ao lado, corpulento e pesado, de ombros largos. Usava um sobretudo volumoso com gola de veludo, e o nó de sua gravata cobria um colarinho de celuloide.

O primeiro, tenso, não desgrudava os olhos dos funcionários pela porta de vidro, como se temesse perder o trem.

O segundo examinava-o sem ansiedade, de maneira quase implacável, dando baforadas em seu cachimbo.

O passageiro agitado ausentou-se por dois minutos para ir ao banheiro. Então, sem nem se abaixar, com um simples movimento do pé, o outro puxou para si a pequena mala e empurrou em seu lugar outra exatamente igual.

Meia hora depois, o trem partia. Os dois homens instalaram-se no mesmo compartimento de terceira classe, mas não se dirigiram a palavra.

Em Leer, o trem se esvaziou, porém a viagem não terminara para os dois passageiros.

Eram dez horas quando a composição penetrou sob a monumental abóbada de vidro da estação de Bremen, cujas luminárias em arco deixavam todos os rostos lívidos.

O primeiro passageiro parecia não saber uma palavra de alemão, pois perdeu-se diversas vezes no caminho, entrando no restaurante da primeira classe, e só depois de inúmeras idas e vindas foi encalhar na lanchonete da terceira, onde não pegou uma mesa.

Apontou o dedo para alguns pãezinhos com salsicha, indicou que desejava levá-los e pagou, estendendo novamente um monte de moedas.

Por mais de meia hora, vagou pelas ruas largas e adjacentes à estação, carregando a maleta, com ar de quem estava à procura de alguma coisa.

E o homem da gola de veludo, que o seguia sem impaciência, entendeu o que o sujeito buscava quando por fim o viu incursionar por um bairro mais pobre que começava à esquerda.

O objeto de suas buscas era simplesmente uma pensão barata. O rapaz, cujo andar denotava cansaço, examinou com desconfiança vários estabelecimentos antes de escolher um de última categoria, indicado por um grande globo de vidro fosco acima da porta.

Continuava segurando a maleta com uma das mãos e com a outra os pãezinhos embrulhados em papel-manteiga.

A rua estava movimentada. A névoa começava a descer, filtrando as luzes das vitrines.

O homem do sobretudo pesado teve certa dificuldade para alugar o quarto contíguo ao do primeiro hóspede.

Um quarto pobre, igual a todos os quartos pobres do mundo, com a ressalva, talvez, de que em parte alguma a pobreza é tão lúgubre como na Alemanha do Norte.

Mas havia uma porta de comunicação entre os dois cômodos e, nela, uma fechadura.

Isso permitiu ao homem assistir à abertura da mala, que só continha jornais velhos.

Viu o hóspede ficar branco como cera, virar e revirar a maleta nas mãos trêmulas, espalhar os jornais pelo quarto.

Os pãezinhos, ainda embrulhados, estavam sobre a mesa, mas o rapaz, que não comia desde as quatro da tarde, não lhes dignou um olhar.

Precipitou-se para a estação, desviando-se das pessoas, perguntando dez vezes o caminho, repetindo, com um sotaque que deformava de tal maneira a palavra que seus interlocutores mal o compreendiam:

– *Bahnhof!...*

Estava tão nervoso que, para se fazer entender, imitava o barulho do trem!

Chegou à estação. Vagando pelo imenso saguão, avistou uma pilha de malas a um canto e acercou-se feito um ladrão para certificar-se de que a sua não estava ali.

Estremecia sempre que alguém passava com uma maleta do mesmo tipo.

O outro continuava na sua cola, sem desviar seu olhar pesado.

Foi só à meia-noite que, um atrás do outro, os dois regressaram ao hotel.

A fechadura emoldurou o espetáculo do rapaz com a cabeça entre as mãos, prostrado numa cadeira. Quando ele se levantou, estalou os dedos num gesto ao mesmo tempo furioso e fatalista.

E foi o fim. Puxou um revólver do bolso, abriu a boca e apertou o gatilho.

No instante seguinte, havia dez pessoas no quarto, entre as quais o comissário Maigret, que, sem tirar o sobretudo com gola de veludo, tentava impedir o acesso delas. Ouviam-se repetir as palavras *Polizei* e *Mörder*, que significa assassino.

Morto, o rapaz parecia ainda mais deplorável do que vivo. Viam-se as solas furadas de seu sapato, e a calça, arregaçada, deixava à mostra a meia vermelha inverossímil e canelas brancas e peludas.

Um agente chegou, pronunciou algumas palavras com voz imperiosa e todos se comprimiram no corredor do andar, exceto Maigret, que exibiu sua insígnia de comissário da Polícia Judiciária de Paris.

O agente não falava francês. Maigret apenas arranhava algumas palavras de alemão.

Dez minutos depois, uma viatura parou defronte à pensão e agentes à paisana irromperam dela.

No corredor, agora, a palavra *Franzose* substituíra a palavra *Polizei*, e o comissário era observado com curiosidade. Bastaram, contudo, algumas ordens para acabar com toda a agitação e impor um silêncio respeitoso.

Os hóspedes entraram novamente em seus quartos. Na rua, um grupo silencioso manteve-se a uma distância respeitosa.

O comissário Maigret conservava seu cachimbo na boca, embora apagado. E seu rosto carnudo, como se esculpido em concreto armado com vigorosos golpes de polegar, tinha uma expressão que beirava o medo ou a derrota.

— Peço licença para empreender uma investigação paralela à sua! — disse. — Uma coisa é certa: esse homem se suicidou. É um francês...

— Estava seguindo-o?

— Seria demorado explicar... Eu gostaria que sua equipe técnica tirasse fotografias dele tão nítidas quanto possível, de todos os ângulos...

O silêncio sucedera à agitação no quarto, onde agora eram apenas três a circular.

Um deles, jovem e corado, cabeça raspada, usava jaleco e calça listrada, limpando de vez em quando as lentes de seus óculos de armação dourada. Sua qualificação era algo como *médico da polícia científica*.

O outro, igualmente corado, mas menos solene em seu uniforme, revistava tudo e procurava exprimir-se em francês.

Nada foi encontrado, exceto um passaporte em nome de Louis Jeunet, nascido em Aubervilliers, torneiro mecânico.

Quanto ao revólver, trazia a marca da fábrica de armas de Herstal (Bélgica).

Aquela noite, na Polícia Judiciária, no Quai des Orfèvres,

ninguém poderia imaginar um Maigret calado, como que esmagado pela fatalidade, assistindo às diligências de seus pares alemães, retraindo-se para dar lugar a fotógrafos e médicos legistas, esperando, com expressão obstinada e o cachimbo ainda apagado, o ridículo butim que lhe entregaram às três da manhã: as roupas do morto, seu passaporte e uma dúzia de fotografias às quais a luz de magnésio imprimia um quê alucinatório.

Ele não estava longe de pensar – estava mesmo muito perto – que acabara de matar um homem.

E ele não conhecia esse homem! Nada sabia a seu respeito! Nada provava que tivesse contas a prestar à justiça!

Aquilo começara na véspera, em Bruxelas, da maneira mais inesperada. Maigret estava em missão na cidade, para uma reunião com a Sûreté belga sobre refugiados alemães expulsos da França e cujas atividades geravam preocupação.

Viagem que parecia um programa recreativo! As negociações haviam sido mais breves do que o esperado. O comissário dispunha de algumas horas.

E, para matar o tempo, entrara num barzinho, o La Montagne aux Herbes Potagères.

Eram duas da manhã. O bar estava quase deserto. Contudo, enquanto o dono, simpático e afável, dirigia-lhe a palavra, Maigret notara, bem ao fundo da sala, na penumbra, um freguês concentrado numa singular tarefa.

O homem era pobre. Tinha tudo do "desqualificado profissional", figura comum em todas as capitais, atrás de uma oportunidade.

Bem, ele retirava cédulas de mil francos do bolso, contava-as, embrulhava-as em papel pardo e amarrava o maço, escrevendo nele um endereço.

Trinta cédulas pelo menos! Trinta mil francos belgas! Maigret franzira o cenho e, quando o desconhecido saíra, após pagar o café que bebera, seguira-o até a agência de correio mais próxima.

Lá, por cima dos ombros do homem, conseguira ler o endereço, escrito numa letra que nada tinha da caligrafia de um bronco:

Senhor Louis Jeunet
Rue de la Roquette, 18, Paris

Mas o que mais o impressionara havia sido a menção: *Impresso*.

Trinta mil francos viajavam como simples jornais, prospectos vulgares! A remessa não fora sequer registrada! Um funcionário pesou-a e comunicou:

– Setenta cêntimos...

O remetente foi embora depois de pagar. Maigret anotara o nome e o endereço. Seguiu seu homem e, por um instante, divertiu-se com a fantasia de oferecer um presente à polícia belga. Dali a pouco, ao encontrar o chefe da Sûreté bruxelense, lhe diria displicentemente:

– A propósito, fui tomar uma cervejinha e pus as garras num delinquente... Basta recolhê-lo em tal lugar...

Maigret estava de bom humor. Banhava a cidade, varrida por lufadas de calor, um mormaço de outono.

Às onze horas, o desconhecido comprou, por trinta e dois francos, uma mala à imitação de couro – ou de couro sintético! – numa loja da Rue Neuve. E Maigret, só por diversão, comprara uma igual, sem nem pensar em como acabaria aquela aventura.

Às onze e meia, o homem entrou numa pensão de um beco cujo nome o comissário não conseguira discernir. Saíra um pouco mais tarde e, na Gare du Nord, embarcara no trem de Amsterdã.

Dessa vez o policial hesitou. A impressão de já ter visto aquela fisionomia em algum lugar teria influenciado em sua decisão?

"Provavelmente é um caso irrelevante. Mas e se não for?..."

Nada urgente o aguardava em Paris. Na fronteira holandesa, chamou sua atenção a habilidade com que o homem içara a maleta para o teto do vagão antes de chegarem ao posto da alfândega, o que denunciava a frequência dessa manobra.

"Vamos ver o que acontece quando ele parar em algum lugar!"

Contudo não parou em Amsterdã, onde se limitou a comprar uma passagem de terceira classe para Bremen. E atravessaram a fronteira holandesa, com seus canais percorridos por veleiros que pareciam navegar em meio às plantações.

Neuschanz... Bremen...

Maigret substituíra as malas sem premeditação. Horas a fio procurara em vão classificar o indivíduo numa das categorias conhecidas da polícia.

"Nervoso demais para um verdadeiro bandido internacional! Ou será apenas um comparsa, que terminará entregando seus chefes?... Um conspirador?... Um anarquista?... Ele só fala francês e não há mais conspiradores na França, nem mesmo anarquistas militantes! Um pequeno chantagista trabalhando por conta própria?..."

Um chantagista viveria tão modestamente após expedir trinta cédulas de mil francos num reles papel pardo?

O homem não consumia álcool, contentando-se, nas estações em que a espera era longa, com um café e, por vezes, com um pãozinho ou brioche.

Não conhecia o trajeto, pois a todo instante pedia informações, preocupando-se em saber se estava na direção certa, aliás preocupando-se de forma exagerada.

Não era forte. Suas mãos, contudo, mostravam sinais de

trabalho braçal. As unhas eram escuras, compridas demais, o que fazia supor que não trabalhava havia certo tempo.

Sua tez revelava anemia, quando não desnutrição.

E, pouco a pouco, Maigret foi se esquecendo do divertimento que seria entregar à polícia belga, de mão beijada, um delinquente algemado.

O problema o eletrizava. Arranjava desculpas para si mesmo:

"Amsterdã não é tão longe de Paris!"

Depois:

"Bah! De Bremen, pelo expresso, estarei de volta em treze horas..."

O homem estava morto. Não carregava consigo nenhum item comprometedor, nenhum objeto revelador de seu gênero de atividade, a não ser um revólver banal, da marca mais corriqueira que existia na Europa.

Parecia ter se matado exclusivamente porque lhe haviam roubado a mala! Caso contrário, por que comprar na lanchonete da estação pãezinhos que não iria comer?

E qual o motivo daquele dia inteiro de viagem, desde Bruxelas, onde também poderia ter estourado os miolos do mesmo jeito que numa pensão alemã?

Restava sua mala, que talvez fornecesse a chave do enigma. Eis por que, após o cadáver, nu e enrolado num lençol, ter sido levado e colocado num furgão oficial, já examinado, fotografado e estudado da sola dos pés ao couro cabeludo, o comissário trancou-se em seu quarto.

Tinha as feições tensas. Se encheu o cachimbo, calcando levemente o polegar, como era seu costume, foi apenas para tentar se persuadir de que estava calmo.

Irritava-o a cara de sofredor do morto. Sua imagem não lhe

saía da cabeça, estalando os dedos e, ato contínuo, abrindo a boca para nela desfechar um tiro.

Tal sensação de constrangimento, de quase remorso, era tão intensa que ele só se ocupou da mala após uma penosa hesitação.

No entanto, na mala devia estar sua justificativa! Nela não iria encontrar a prova de que o homem por quem tivera a fraqueza de se apiedar era um chantagista, um bandido perigoso, talvez um assassino?

As chaves ainda pendiam, como na loja da Rue Neuve, num barbante amarrado na alça. Maigret ergueu a tampa, retirando primeiramente um terno cinza-escuro, menos surrado que o do morto.

Sob o terno, havia duas camisas sujas, puídas no colarinho e nos punhos e emboladas.

... Um colarinho sobressalente, com listrinhas cor-de-rosa, usado durante pelo menos quinze dias, pois estava encardido na altura do pescoço de seu proprietário... Encardido e amarfanhado...

E mais nada! A mala expunha seu fundo de papel verde e as duas correias não usadas, com argolas e presilhas novas.

Maigret sacudiu as roupas, revistou os bolsos. Vazios!

Tomado por uma angústia indefinível, obstinou-se em sua vontade e necessidade de encontrar alguma coisa.

Um homem não se matara porque lhe haviam roubado aquela maleta? E ela só continha um terno velho e roupa suja!...

Nenhum papel! Nada que pudesse ser considerado um documento! Nem sequer um indício que permitisse suposições sobre o passado do morto!

O quarto havia sido recentemente forrado com um papel de parede barato, cujas cores chapadas desenhavam flores agressivas. Em contraste, os móveis eram usados, bambos, desconjuntados e, cobrindo a mesa, um pano estampado que não se podia tocar sem repugnância.

A rua estava deserta. As lojas haviam fechado as janelas. No cruzamento, porém, a cem metros dali, o fluxo contínuo de carros fazia um barulho tranquilizador.

Maigret olhou para a porta de comunicação e a fechadura, pela qual não ousou mais espiar. Lembrou-se de que os peritos, previdentes, haviam desenhado o contorno do cadáver no assoalho do quarto.

Foi até lá na ponta dos pés para não acordar os hóspedes, e talvez também porque o mistério lhe pesasse nos ombros, carregando nas mãos o terno da mala, o qual conservava seus vincos falsos.

A silhueta no chão era disforme, mas matematicamente exata.

Quando tentou lhe aplicar o paletó, a calça e o colete, uma luz cintilou em seus olhos e ele trincou mecanicamente o tubo do cachimbo.

O tamanho das roupas era pelo menos três vezes maior! Não pertenciam ao morto!

O que o vagabundo guardava ciosamente em sua mala, aquilo a que tanto se apegava, a ponto de haver se matado porque o perdera, era o terno de outra pessoa!

2. O sr. Van Damme

Os jornais de Bremen limitaram-se a noticiar, laconicamente, que um francês chamado Louis Jeunet, torneiro mecânico, suicidara-se numa pensão da cidade e que o motivo de seu gesto seria a pobreza.

Na manhã seguinte, porém, quando essas linhas eram publicadas, a informação já não era exata. Com efeito, folheando o passaporte, uma particularidade chamara a atenção de Maigret.

Na sexta página, reservada à descrição física, em que figuram numa coluna *idade, altura, cabelo, testa, sobrancelhas* etc., a palavra *testa* precedia a palavra *cabelo* em vez de sucedê-la.

Ora, seis meses antes, a Sûreté de Paris descobrira, em Saint-Ouen, uma verdadeira fábrica de passaportes falsos, carteiras militares, vistos de estrangeiro e outros papéis oficiais. Haviam apreendido certo número desses documentos. Os próprios falsários, no entanto, haviam confessado que centenas de itens oriundos de suas prensas estavam em circulação fazia vários anos e que, por falta de uma contabilidade, eram incapazes de fornecer a lista dos clientes.

O passaporte provava que Louis Jeunet era um deles e que, por conseguinte, não se chamava Louis Jeunet.

Com isso, esboroava-se a única base mais ou menos sólida da investigação. O homem que se matara naquela noite agora não passava de um desconhecido!

Eram nove horas quando o comissário, munido de um salvo-conduto, chegou ao necrotério, ao qual, tão logo as portas se abrissem, o público teria acesso.

Foi em vão que procurou um canto escuro para montar uma tocaia, da qual, é verdade, não esperava muita coisa. O necrotério era moderno, como a maior parte da cidade e como todos os prédios públicos.

E ainda mais sinistro do que o antigo necrotério do Quai de l'Horloge, em Paris. Mais sinistro, justamente, por causa da nitidez das linhas e dos planos, do branco uniforme das paredes, que refletiam uma luz crua, dos equipamentos frigoríficos, reluzentes como numa central elétrica.

O ambiente lembrava uma fábrica-modelo cuja matéria-prima fossem cadáveres humanos!

O falso Louis Jeunet estava ali, menos desfigurado do que se esperava, pois, bem ou mal, os especialistas haviam reconstituído seu rosto.

Havia também uma adolescente e um afogado recolhido no porto.

O vigilante, esbanjando saúde e estufado num uniforme sem um cisco de poeira, tinha o aspecto de um guarda de museu.

Em uma hora, contrariando todas as expectativas, desfilaram ali umas trinta pessoas. Quando uma mulher pediu para ver um corpo que não se achava exposto na sala, ouviram-se campainhas elétricas e algarismos lançados ao telefone.

Numa dependência do primeiro andar, o compartimento de um amplo armário que ocupava uma parede inteira deslizou, pousando numa empilhadeira, e instantes depois uma caixa de aço surgia ao rés do chão como, em certas bibliotecas, os livros chegam à sala de leitura.

Era o cadáver solicitado! A mulher debruçou-se, soluçou, foi levada até um escritório dos fundos, onde o jovem secretário registrou sua declaração.

Poucas pessoas se interessavam por Louis Jeunet. No entanto, por volta das dez da manhã, um homem vestido com apuro, saindo de um automóvel particular, adentrou na sala, procurou com os olhos o suicida e o examinou com atenção.

Maigret estava a poucos passos. Aproximou-se e, escrutando o visitante, teve a impressão de não se tratar de um alemão.

Tão logo viu o comissário se mexer, o homem estremeceu, embaraçado, decerto alimentando a respeito de Maigret o mesmo pensamento que este alimentava sobre o outro.

– O senhor é francês? – indagou o primeiro.

– Sim. O senhor também?

– Quer dizer, belga... Mas moro em Bremen há alguns anos...

– E conhecia esse tal Jeunet?

– Não! Eu... Li hoje de manhã no jornal que um francês se suicidara em Bremen... Morei muito tempo em Paris... Fiquei curioso e quis vir aqui dar uma espiada...

Como sempre em tais momentos, Maigret aparentava uma calma granítica. Nessas ocasiões, sua fisionomia assumia uma expressão tão ensimesmada e pouco sutil que continha algo de bovino.

– O senhor é da polícia?

– Sou! Da Polícia Judiciária...

– E fez a viagem no expresso? Que ideia a minha! Isso é impossível, uma vez que o suicídio aconteceu na noite passada!

Tem algum compatriota em Bremen? Não? Nesse caso, se eu lhe puder ser útil em alguma coisa... Aceita um aperitivo?

Pouco depois, Maigret o acompanhava, num carro que o próprio homem dirigia.

Ele falava como uma matraca. Era o protótipo do homem de negócios jovial e dinâmico. Parecia conhecer todo mundo, cumprimentava quem passava, apontava alguns prédios, explicava:

– Este é o Norddeutscher Lloyd... Ouviu falar no novo transatlântico que eles lançaram? São meus clientes...

Apontou para um prédio com nomes diferentes em cada janela:

– Meu escritório fica no quarto andar, à esquerda...

Lia-se nas vidraças, em letras de porcelana: *Joseph Van Damme, encomendas, importação e exportação.*

– Acredita se eu lhe disser que passei um mês sem ter a oportunidade de falar francês? Meus funcionários, e até mesmo minha secretária, são alemães... Os negócios exigem...

Difícil ler qualquer pensamento no rosto de Maigret, cuja última qualidade parecia ser de fato a sutileza. Ele aprovava. Admirava o que lhe pediam para admirar, inclusive o carro, cuja suspensão exclusiva Van Damme enaltecia.

Entrou atrás dele numa grande cervejaria, tomada por homens de negócios estrepitosos, onde uma orquestra vienense tocava incansavelmente e canecas de chope se entrechocavam.

– O senhor nem imagina quantos milhões essa clientela toda representa! – extasiava-se Van Damme. – Preste atenção... Não entende alemão? O sujeito aqui ao lado está vendendo um carregamento de lã que neste momento está navegando entre a Austrália e a Europa... Ele possui trinta ou quarenta embarcações no mar. Eu poderia lhe apontar outros... O que vai beber? Recomendo a Pilsen...

"A propósito..."

Maigret nem sequer sorriu da guinada.

– A propósito, o que o senhor pensa desse suicídio? Um indigente, como afirmam os jornais daqui?

– É possível...

– Está à frente de uma investigação?

– Não, isso é da alçada da polícia alemã. E como o suicídio foi comprovado...

– Evidentemente! Observe que, se isso me espanta, é apenas por tratar-se de um francês. Eles vêm tão pouco ao Norte...

Levantou-se para apertar a mão de um homem que saía, voltou, excitadíssimo.

– Desculpe! O diretor de uma companhia de seguros... Vale uns cem milhões. Mas ouça, comissário, já é quase meio-dia. Aceitaria almoçar comigo?

"Só posso convidá-lo para irmos a um restaurante, sou solteiro... Não comerá como em Paris... Mas farei de tudo para que almoce razoavelmente.

"Negócio fechado?"

Chamou o garçom, pagou. E, para puxar a carteira do bolso, fez um gesto que Maigret vira diversas vezes nos homens de negócios daquele tipo, que tomam drinques nas vizinhanças da Bolsa, gesto inimitável, um meneio para trás estufando o peito e recolhendo o queixo ao mesmo tempo, para abrir com uma displicência próspera essa coisa sagrada que é uma carteira de couro recheada.

– Vamos!

Só largou o comissário aproximadamente às cinco da tarde, depois de tê-lo arrastado ao seu escritório, onde havia três funcionários e uma datilógrafa.

Mas ainda fizera Maigret prometer que fariam um programa num cabaré famoso se ele não fosse embora de Bremen naquele dia.

O policial se viu sozinho na multidão, às voltas com pensamentos que estavam longe de ser claros. Seriam mesmo pensamentos?

Aproximava mentalmente duas figuras, dois homens, e tentava estabelecer uma relação entre eles.

Pois havia uma! Não fora à toa que Van Damme tinha se deslocado até o necrotério para se debruçar sobre o cadáver de um desconhecido. E o prazer de falar francês não fora a única coisa que o levara a convidar Maigret para almoçar.

Aliás, só assumira gradualmente sua verdadeira personalidade à medida que o comissário lhe foi parecendo mais indiferente ao caso — e talvez mais tolo!

De manhã estava inquieto. Não havia espontaneidade em seu sorriso.

Quando o policial o deixara, ao contrário, era efetivamente o pequeno farejador de negócios que vai e vem, se agita, fala, exulta, esfrega-se nas grandes personalidades financeiras, dirige o próprio carro, telefona, dispara ordens à datilógrafa e oferece jantares finos, satisfeito e orgulhoso de ser quem é.

Do outro lado, um vagabundo anêmico de roupas surradas, as solas do sapato cheias de buracos, que comprara um lanche sem imaginar que não iria comê-lo!

Van Damme decerto encontraria outro companheiro para o drinque da noite, numa atmosfera idêntica de música vienense e cerveja.

Às seis da tarde, uma gaveta metálica deslizaria suavemente, fechando-se sobre o corpo nu do falso Jeunet, e a empilhadeira o encaminharia ao frigorífico, no qual ele ocuparia um compartimento numerado até o dia seguinte.

Maigret dirigiu-se ao Polizei Praesidium. Agentes sem camisa, apesar da estação, faziam ginástica num pátio cercado por muros gritantemente vermelhos.

No laboratório, um rapaz de olhos pensativos o aguardava

junto a uma mesa sobre a qual, etiquetados, alinhavam-se todos os objetos que haviam pertencido ao morto.

Falava um francês correto, esforçado, fazendo questão de encontrar a palavra apropriada.

Começou pelo terno cinzento que Jeunet vestia no momento do suicídio, explicou que as bainhas haviam sido desfeitas, todas as costuras examinadas, sem encontrarem nada.

— O terno vem da Belle Jardinière, de Paris. O tecido contém cinquenta por cento de algodão. É, portanto, uma roupa barata. Detectamos manchas de gordura, gordura mineral, entre outras, que parece indicar que o homem trabalhou ou frequentou uma fábrica, metalúrgica ou oficina mecânica. Na roupa de baixo não há procedência. O sapato foi comprado em Reims. Mesma observação para o terno: de baixa qualidade, fabricação em série. A meia é de algodão, dessas que os camelôs vendem por quatro ou cinco francos o par. Tem furos, mas não fora cerzida.

"Todas essas peças de roupa foram acondicionadas numa sacola de papel resistente, sacudidas, e a poeira recolhida submetida à análise.

"Dessa forma obtivemos a confirmação da origem das manchas de gordura. Com efeito, o tecido está impregnado de um fino pó metálico só encontrado nos pertences de montadores, torneiros mecânicos e, mais genericamente, trabalhadores metalúrgicos.

"Esses indícios estão ausentes das roupas que eu chamaria de roupas B e que não foram usadas durante anos, seis no mínimo.

"Outra diferença: nos bolsos do terno A, encontramos resíduos de tabaco da colônia francesa, que vocês chamam de fumo cinzento.

"Nos bolsos B, ao contrário, subsistem fiapos de tabaco claro imitando o egípcio.

"Mas chego ao ponto mais importante. As manchas detectadas no terno B não são mais manchas de gordura. São antigas manchas de sangue humano, provavelmente sangue arterial.

"O tecido ficou anos sem lavar. O portador dessa roupa deve ter sido literalmente ensopado de sangue. Por fim, rasgões sugerem ter havido luta, pois em diversos pontos, entre os quais as lapelas, a trama foi arrancada como se unhas houvessem se incrustado nela.

"As roupas B trazem uma marca: Roger Morcel, alfaiate, Rue Haute-Sauvenière, em Liège.

"Quanto ao revólver, trata-se de um modelo que pararam de fabricar há dois anos.

"Se me deixar um endereço, posso lhe enviar uma cópia do relatório que devo apresentar aos meus chefes."

Às oito da noite, Maigret terminara todas as formalidades. A polícia alemã lhe entregara não só as roupas do defunto como as da mala, que o perito chamara de roupas B. E decidira que, até segunda ordem, o corpo seria mantido à disposição das autoridades francesas no frigorífico do necrotério.

Maigret fizera uma cópia da ficha de Joseph Van Damme, nascido em Liège, de pais flamengos, representante comercial, depois diretor de uma firma que levava seu nome.

Tinha trinta e dois anos. Era solteiro. Fazia apenas três anos que se instalara em Bremen, onde, após um começo difícil, parecia realizar bons negócios.

O comissário voltou ao quarto da pensão, onde deixou-se ficar por um longo tempo sentado na beira da cama, as duas malas de couro sintético dispostas à sua frente.

Abrira a porta de comunicação com o quarto adjacente, onde tudo permanecia tal qual na véspera. E se impressionou com a pouca desordem que o drama deixara. Na parede, sob uma flor cor-de-rosa do papel de parede, uma minúscula mancha marrom, a única mancha de sangue. Sobre a mesa, os dois pãezinhos ainda embrulhados. Uma mosca pousara neles.

De manhã, Maigret enviara a Paris duas fotografias do morto, solicitando à PJ que as publicasse no maior número possível de jornais.

Era lá que deveria procurar? Em Paris, onde pelo menos o policial tinha como pista um endereço: aquele para o qual Jeunet tinha enviado para si mesmo, de Bruxelas, trinta cédulas de mil francos?

Ou em Liège, onde a roupa B fora comprada anos antes? Em Reims, de onde provinha o sapato do morto? Em Bruxelas, onde Jeunet embrulhara os trinta mil francos? Em Bremen, onde ele morrera e onde um certo Joseph Van Damme viera dar uma espiada em seu cadáver, embora negasse conhecê-lo?

O dono da pensão se apresentou, fez um longo discurso em alemão e o comissário deduziu que lhe perguntavam se o quarto onde o drama se desenrolara podia ser arrumado e alugado.

Emitiu um grunhido afirmativo, lavou as mãos, pagou e foi embora com as duas malas, que, pela aparência tosca, contrastavam com seu vulto burguês.

Dava na mesma começar a investigação por uma ponta ou outra. E, se decidiu por Paris, foi sobretudo porque aquela atmosfera violentamente estrangeira, chocando-se a todo instante com seus hábitos e mentalidade, acabava deprimindo-o.

Sem falar no tabaco claro e fraco demais, que lhe tirava a vontade de fumar.

No expresso, dormiu, despertou na fronteira belga ao raiar do dia e, meia hora depois, atravessou Liège, onde deixou que um olhar frouxo errasse pela portinhola.

O trem permaneceria apenas trinta minutos na estação, portanto Maigret não dispunha de tempo para ir à Rue Haute-Sauvenière.

Às duas da tarde, desembarcou na Gare du Nord e, desbravando a multidão parisiense, sua primeira preocupação foi parar numa tabacaria. Obrigado por um instante a catar dinheiro francês nos bolsos, levou um esbarrão. As duas malas estavam pousadas a seus pés. Quando foi pegá-las novamente e encontrou apenas uma, procurou em vão ao redor e concluiu que de nada adiantaria alertar os policiais.

Um detalhe o tranquilizou. A mala que lhe haviam entregue trazia um pequeno barbante com duas chaves amarrado na alça. Era a que continha as roupas.

O ladrão levara a mala com os jornais velhos.

Seria um ladrão comum, desses que costumam rondar as estações ferroviárias? Nesse caso, não era estranho ter escolhido mala tão chinfrim?

Maigret entrou num táxi, saboreando ao mesmo tempo seu cachimbo e o burburinho familiar das ruas. Numa tabacaria, deparou com uma fotografia na primeira página de um jornal e à distância reconheceu o retrato de Louis Jeunet, enviado de Bremen.

Quase passou em casa, no bulevar Richard-Lenoir, para trocar de roupa e dar um beijo em sua mulher, mas o incidente na estação o preocupava.

"Se de fato eles queriam as roupas B, como souberam, em Paris, que eu as transportava e que chegaria exatamente àquela hora?"

Era como se uma nuvem de mistérios pairasse sobre o vulto magro e o rosto lívido do vagabundo de Neuschanz e de Bremen. Sombras se agitavam, qual uma chapa fotográfica mergulhada no revelador.

Era preciso delinear, iluminar os rostos, dar um nome a cada um, reconstituir mentalidades e existências inteiras.

Por enquanto, na superfície da chapa, não havia senão um corpo despido, uma face na qual os médicos alemães haviam trabalhado para devolver-lhe o aspecto normal e que era recortada por uma luz fria.

As sombras? Em primeiro lugar, um homem que, em Paris, naquele mesmo instante, fugia com a mala... Outro que, de Bremen ou de outro lugar, o informara. Talvez o jovial Joseph Van Damme? Talvez não! E ainda o personagem que, anos antes, usara o terno B... E aquele que, na luta, o regara com seu sangue.

Sem falar no que entregara ao falso Jeunet os trinta mil francos ou de quem o dinheiro fora roubado!

Fazia sol, havia gente nas varandas dos cafés aquecidas por braseiros. Motoristas discutiam. Cachos humanos atacavam ônibus e bondes.

Em meio a toda essa multidão em movimento, e na multidão de Bremen, Bruxelas, Reims, e em outros lugares ainda, pinçar dois, três, quatro, cinco indivíduos...

Mais, talvez? Menos?

Maigret observou com ternura a fachada austera da chefatura, atravessou o pátio com a maleta na mão, dirigiu-se ao contínuo pelo primeiro nome.

– Recebeu meu telegrama? Deu em alguma coisa?

– Há uma senhora aqui por causa da fotografia! Já está há duas horas na sala de espera.

Maigret não se deu ao trabalho de tirar o paletó e o sobretudo. Nem se desfez da mala.

A sala de espera, na extremidade do corredor ao longo do qual se alinham os escritórios dos comissários, é uma sala envidraçada, mobiliada com algumas cadeiras de veludo verde, tendo, na única parede de alvenaria, a lista dos policiais mortos em serviço.

Numa das cadeiras, estava uma mulher ainda jovem, vestida com aquela correção dos humildes que revela longas horas de costura sob a lamparina e uma vida ao deus-dará.

Sobre um casaco de lã preto, usava uma estola de pele bem estreita. Suas mãos, calçadas com luvas de fio cinza, carregavam uma bolsa que, como a mala de Maigret, imitava couro.

Uma vaga semelhança entre ela e o morto não teria impressionado o comissário?

Não uma semelhança de feições! Mas uma semelhança de expressão, de *classe*, se é que se pode dizer assim.

Ela também tinha as retinas cinzentas, as pálpebras cansadas daqueles de quem a coragem deserdara. As narinas eram repuxadas, a pele bastante opaca.

Fazia duas horas que esperava e certamente não ousara mudar de lugar nem se mexer. Através dos vidros, voltou-se para Maigret, sem esperança de que enfim fosse ele quem ela devia ver.

Ele abriu a porta.

— Se fizer a gentileza de me acompanhar até a minha sala, senhora...

Parecendo espantada por ele lhe ceder a passagem, ela quedou um instante como que desamparada no meio do aposento. Junto com a bolsa, trazia na mão um jornal amassado que revelava metade da fotografia.

— Me disseram que a senhora conhece o homem que...

Mas ele nem terminara de falar e ela já escondia o rosto nas mãos, mordia os lábios e, num soluço que em vão tentou sufocar, gemeu:

— É meu marido, senhor...

Então, sem saber que atitude tomar, ele foi pegar uma cadeira velha, que empurrou na direção dela.

3. A herborista da Rue Picpus

Tão logo ela conseguiu falar, suas primeiras palavras foram:

– Ele sofreu muito?...

– Não, minha senhora. Posso lhe afirmar que a morte foi instantânea.

Ela olhou para o jornal que tinha na mão e foi obrigada a fazer um esforço para proferir:

– Na boca?...

Como o comissário limitava-se a balançar a cabeça, ela, subitamente calma e grave, cravando os olhos no chão, no tom que uma criança traquinas teria usado, deixou escapar:

– Ele não conseguia fazer nada igual a todo mundo!

Não era uma amante, nem sequer uma esposa. Sentia-se nela, que não tinha trinta anos, uma ternura maternal, uma doçura resignada de irmã de caridade.

Os pobres estão acostumados a refrear a expressão de seu desespero, porque a vida os espera, o trabalho, as necessidades de todos os dias, de todas as horas. Ela enxugava os olhos com o lenço e seu nariz, avermelhado, a impedia de ser bonita.

A comissura dos lábios, quando ela olhava para o comissário, oscilava entre um esgar de dor e um vago sorriso.

– Posso lhe fazer algumas perguntas? – disse ele, instalando-se à sua mesa. – Seu marido se chamava mesmo Louis Jeunet? Quando ele a deixou pela última vez?

Ela quase caiu no choro de novo. Seus olhos marejaram. Os dedos haviam amarfanhado o lenço numa pelota duríssima.

– Há dois anos... Mas eu o vi uma vez, estava com o rosto grudado na vitrine. Se a minha mãe não estivesse ali...

Ele entendeu que bastava deixá-la falar. Ela o fazia pelos dois.

– O senhor quer saber da nossa vida toda, não é? É o único jeito de entender por que Louis fez isso. Meu pai era enfermeiro em Beaujon. Ele montou um pequeno herbanário na Rue Picpus, que minha mãe tocava...

"Conheci Louis..."

– Está me dizendo que isso aconteceu há seis anos? Ele já se chamava Jeunet?

– Sim – ela respondeu com espanto. – Ele era fresador numa oficina metalúrgica de Belleville. Ganhava bem. Não sei por que as coisas foram tão rápido. O senhor não imagina... ele era impaciente com tudo. Parecia devorado por uma febre.

"Depois de namorarmos um mês, se tanto, já estávamos casados e ele tinha ido morar em nossa casa.

"O quartinho atrás da loja era pequeno demais para nós três. Alugamos um quarto para minha mãe na Rue du Chemin-Vert. Ela me deixou o herbanário, mas, como suas economias eram insuficientes para seu sustento, nós lhe dávamos duzentos francos todos os meses.

"Éramos felizes, juro! De manhã, Louis saía para trabalhar. Minha mãe vinha me fazer companhia. Ele não saía à noite.

"Não sei como explicar... Sempre senti que alguma coisa não encaixava.

"Sério, como se, por exemplo, Louis não pertencesse ao nosso mundo, como se aquela atmosfera, às vezes, o deprimisse.

"Ele era tão carinhoso..."

Suas feições se embaralharam. Ficou quase bonita enquanto confessava:

– Não creio que muitos homens sejam assim... Ele me pegava subitamente nos braços... Me olhava nos olhos, tão fundo que machucava. Às vezes me repelia com um gesto inesperado, só dele, e suspirava:

"'Aconteça o que acontecer, eu te amo muito, acredite, minha querida Jeanne...'

"E pronto. Ia se ocupar de outras coisas, sem nem me olhar, passava horas reformando um móvel, construindo um utensílio qualquer para mim, consertando um relógio...

"Minha mãe não simpatizava muito com ele, justamente por perceber que ele não era como os outros..."

– Ele não tinha, entre seus pertences, algum objeto que guardava especialmente?...

– Como o senhor sabe?

Ela teve um pequeno sobressalto de pavor e falou mais aceleradamente:

– Um terno velho! Uma vez, quando o retirei da caixa de papelão que estava em cima do guarda-roupa para escová-lo, ele entrou. Eu ia inclusive cerzir os rasgos... O terno dava perfeitamente para ser usado em casa... Louis arrancou-o das minhas mãos, ficou zangado, gritou palavrões e, naquela noite, qualquer um teria jurado que ele me odiava.

"Fazia um mês que estávamos casados. Depois disso..."

Ela suspirou e olhou para Maigret, como que pedindo desculpas por só ter aquilo para contar.

– Ele foi ficando mais estranho?

– Não era culpa dele, tenho certeza! Acho que estava doente... Ele se consumia... Se passávamos uma hora inteira felizes, na cozinha, ele então mudava bruscamente. Parava de falar. Olhava para os objetos, e até para mim, com um sorriso cruel. Depois se jogava na cama sem nem dar boa-noite.

— Ele não tinha amigos?

— Não! Ninguém vinha visitá-lo.

— Viajava, recebia cartas?

— Não! E não gostava de ter gente em casa. Às vezes, uma vizinha que não tinha máquina de costura ia usar a minha, e isso bastava para deixá-lo furioso...

"Não era uma fúria como a de todo mundo. Era uma coisa represada... Ele é que parecia sofrer...

"Quando lhe contei que íamos ter um filho, ele me olhou com olhos de louco...

"Foi a partir desse momento, e principalmente depois que a criança nasceu, que ele deu para beber nas horas difíceis...

"No entanto, eu sabia que ele o amava! Olhava para ele de tempos em tempos com adoração como fazia comigo no começo...

"No dia seguinte, chegava bêbado, deitava, se trancava no quarto e passava horas lá, dias a fio...

"Nas primeiras vezes, me pediu perdão, chorando. Talvez, se a minha mãe não houvesse interferido, eu tivesse continuado com ele. Mas minha mãe passava sermões... Houve cenas...

"Principalmente quando Louis ficava dois ou três dias sem ir trabalhar!

"Nos últimos tempos, fomos absolutamente infelizes... O senhor sabe o que é isso, não sabe? Ele foi se tornando cada vez mais desagradável. Minha mãe botou-o duas vezes na rua, advertindo-o de que ali não era a casa dele.

"Tenho certeza de que não era culpa dele! Alguma coisa o empurrava, empurrava... Vez por outra ainda olhava para mim ou para o nosso filho com aqueles olhos que já lhe falei...

"Só que era cada vez mais raro... Não durava. Nossa última

cena foi odiosa. Mamãe estava em casa. Louis havia usado o dinheiro do herbanário e ela o chamou de ladrão. Ele ficou pálido, com os olhos vermelhos, como nos seus dias ruins. Tinha um olhar de louco...

"Ainda o vejo, aproximando-se de mim como se fosse me estrangular. Gritei, aterrorizada:

"'Louis!...'

"E ele foi embora, batendo tão forte a porta que o vidro quebrou.

"Isso foi há dois anos. As vizinhas o viam passar por ali de tempos em tempos. Fui me informar na fábrica de Belleville, e me disseram que ele não trabalhava mais lá...

"Mas alguém o viu numa pequena oficina da Rue de la Roquette, que fabrica serpentinas para barris de chope.

"Também o vi uma vez, acho que faz seis meses, através da vitrine. Minha mãe, que voltara a morar comigo e com o meu pequeno, estava na loja. Ela me impediu de correr para a porta...

"O senhor jura que ele não sofreu, que morreu na hora? Era um pobre coitado, não é mesmo? Deve entendê-lo agora..."

Vivera seu relato com tamanha intensidade e seu marido, além disso, exercera tamanha influência sobre ela, que, involuntariamente, enquanto falava, reproduzia as expressões fisionômicas que evocava.

Tal como no início, Maigret admirou-se com a perturbadora semelhança entre aquela mulher e o homem que, em Bremen, estalara os dedos antes de disparar um tiro na boca.

Mais que isso, aquela febre devoradora que ela acabava de descrever parecia tê-la contaminado. Ela se calava e todos os seus nervos continuavam vibrando. Faltava-lhe ar. Esperava alguma coisa, sem saber o quê.

– Ele nunca lhe falou do passado, de sua infância?

– Não... Ele não era de falar muito. Sei apenas que nasceu

em Aubervilliers. E sempre achei que tivesse recebido uma educação acima da sua condição. Tinha uma letra bonita... Conhecia o nome latino de todas as plantas... Quando a dona do armarinho ao lado tinha uma carta difícil para escrever, era a ele que recorria.

— A senhora nunca conheceu a família dele?

— Antes de nos casarmos, ele me contou que era órfão. Também queria lhe perguntar uma coisa, senhor comissário... Vão trazê-lo de volta à França?

Como ele hesitava em responder, ela acrescentou, desviando a cabeça para esconder o embaraço:

— Agora o herbanário pertence à minha mãe... E o dinheiro. Sei que ela não vai querer fazer despesas para repatriar o corpo. Muito menos me dar algum para eu ir até lá. Será que nesse caso...

O nó em sua garganta apertou e ela se abaixou rapidamente para recolher o lenço caído no chão.

— Farei o necessário, senhora, para que seu marido seja trazido de volta.

Ela dirigiu a ele um sorriso tocante, esmagando uma lágrima na face.

— O senhor entendeu, eu sinto isso! O senhor pensa como eu, senhor comissário! Não foi culpa dele. Ele era um pobre-diabo...

— Ele dispunha de grandes somas de dinheiro?

— Nada além do salário... No início, me entregava tudo. Depois, quando começou a beber...

Outro pequeno sorriso, mas carregado de tristeza, apesar de misericordioso.

Foi embora um pouco mais calma, apertando em volta do pescoço a estreita estola, enquanto a mão esquerda continuava estreitando a bolsa e o jornal bem dobradinho.

No número 18 da Rue de la Roquette, Maigret encontrou uma pensão de última categoria.

Esse trecho da rua fica a menos de cinquenta metros da Place de la Bastille. A Rue de Lappe, com seus bailes populares e espeluncas, desemboca nela.

Cada rés do chão é um bar, cada sobrado uma pensão frequentada por golpistas, eternos desocupados, imigrantes e garotas.

Contudo, naquele inquietante antro da gentalha, acham-se incrustadas algumas oficinas nas quais, com as portas escancaradas, manejam-se o martelo e o maçarico oxídrico em meio ao vaivém de pesados caminhões.

E é um contraste violento entre vida produtiva, operários honestos, funcionários atarefados com guias de expedição nas mãos e vultos sórdidos ou insolentes que se movimentam pelas cercanias.

– Jeunet! – resmungou o comissário, empurrando a porta do escritório da pensão, situado no mezanino.

– Não está!

– Ele continua com o quarto?

Farejaram a polícia. Responderam com mau humor.

– O 19, sim!

– Por semana? Por mês?...

– Por mês!

– Alguma entrega para ele?

Tergiversaram. No fim, entregaram a Maigret o embrulho que Jeunet enviara para si mesmo de Bruxelas.

– Ele recebia muitos parecidos com este?

– Às vezes...

– Algum outro tipo de remessa?

– Nunca! Deve ter recebido três pacotes ao todo. Um homem sossegado... Não vejo por que a polícia está xeretando.

– Ele trabalhava?

— No número 65 da Rue...

— Regularmente?

— Isso dependia... Havia semanas que sim, outras que não...

Maigret confiscou a chave do quarto. Lá, contudo, nada encontrou além de um sapato estropiado — a sola estava completamente separada da gáspea —, um tubo de aspirina vazio e um macacão de mecânico jogado a um canto.

Ao descer, voltou a interpelar o gerente e ficou sabendo que Louis Jeunet não recebia ninguém, não era mulherengo e, no final das contas, levava uma vida monótona, afora algumas viagens que duravam três ou quatro dias.

Mas ninguém mora numa pensão daquelas, naquele bairro, sem que exista uma ruptura qualquer. O gerente sabia disso tão bem quanto Maigret. No fim, resmungou:

— Não é o que o senhor está pensando... O problema dele era a bebida. Quer dizer, em momentos de crise. Penitências, dizíamos minha mulher e eu. Ele passava três semanas sóbrio, sem faltar ao trabalho, então, durante algum tempo, bebia até desabar na cama...

— Não havia nada de suspeito na atitude dele?

O homem encolheu os ombros, dando a entender que, em seu estabelecimento, só vinha gente suspeita.

No 65, uma vasta oficina que dava para a rua, fabricavam-se máquinas de tirar chope. Maigret foi recebido por um contramestre que já vira o retrato de Jeunet no jornal.

— Eu ia justamente escrever à polícia! — disse. — Ainda na semana passada ele trabalhou aqui. Um rapaz que ganhava oito francos e cinquenta por hora!

— Quando trabalhava!

— O senhor está a par?... Quando trabalhava, pois é! Há muitos assim. Mas em geral a maioria normalmente bebe um gole a mais ou cai na farra aos sábados. Com ele era de repente, de uma hora para outra ele se embriagava uma semana seguida.

Uma vez, tínhamos um serviço urgente e fui dar uma espiada no quarto dele. Pois bem, lá estava ele bebendo sozinho direto de uma garrafa que estava no chão ao lado da cama... Não foi nada engraçado, garanto.

Em Aubervilliers, nada. Um certo Louis Jeunet, filho de Gaston Jeunet, biscateiro, e de Berthe Marie Dufoin, doméstica, constava do registro civil. Gaston Jeunet falecera dez anos antes. Sua mulher deixara a região.

Sobre Louis Jeunet, nada se sabia a não ser que seis anos antes escrevera de Paris para requerer uma cópia de sua certidão de nascimento.

Em compensação, o passaporte era falso e, por conseguinte, o homem que se matara em Bremen, após se casar com a herborista da Rue Picpus e ter um filho com ela, não era o verdadeiro Jeunet!

Os cadastros da chefatura tampouco revelaram alguma coisa. Nenhuma ficha em nome de Jeunet, nenhuma cujas impressões digitais correspondessem às do morto, recolhidas na Alemanha.

Logo, o desesperado nunca tivera contas a acertar com a Justiça nem na França nem no estrangeiro, pois foram consultados dossiês disponibilizados pela maioria das nações europeias.

Só era possível remontar a seis anos. Encontrava-se então um Louis Jeunet fresador, que levava a vida de um honesto operário.

Ele se casara. Já possuía aquele terno B que provocara a primeira cena com a mulher e que, anos depois, viria a ser a causa de sua morte.

Não tinha amigos, não recebia correspondência. Parecia saber latim, o que sugeria ter recebido instrução acima da média.

Em sua sala, Maigret redigiu um memorando para requisitar o corpo à polícia alemã, despachou assuntos de rotina e, com semblante obstinado e taciturno, abriu mais uma vez a mala amarela, cujo conteúdo o perito de Bremen tão meticulosamente etiquetara.

Ia acrescentar-lhe o embrulho com as trinta cédulas belgas, quando lhe ocorreu arrebentar o barbante e copiar a numeração; depois remeteria a lista à Sûreté bruxelense, para que descobrissem a proveniência das notas.

Fazia tudo isso pesadamente, semblante concentrado, como querendo criar a ilusão de dedicar-se a uma tarefa útil.

De tempos em tempos, porém, seu olhar pousava com uma espécie de rancor sobre as fotografias esparramadas, e sua pena permanecia no ar enquanto ele mordia o cachimbo.

Ia, a contragosto, desistir, voltar para casa e deixar as buscas para o dia seguinte, quando lhe anunciaram uma ligação de Reims.

Era sobre o retrato publicado nos jornais. O dono do Café de Paris, situado à Rue Carnot, afirmava ter visto o referido indivíduo em seu estabelecimento seis dias antes e, se não lhe falhava a memória, por conta de seu avançado estado de embriaguez, tinha-lhe recusado bebida.

Maigret hesitou. Pela segunda vez, Reims, de onde procedia o sapato do morto, voltava à pauta.

Ora, esse sapato, muito gasto, tinha sido comprado vários meses antes. Portanto, não fora por acaso que Louis Jeunet dirigira-se àquela cidade.

Uma hora depois, o comissário ocupava um lugar no expresso para Reims, aonde chegou às dez da noite. A alta burguesia lotava o luxuoso Café de Paris. Três bilhares estavam ocupados. Em diversas mesas, jogava-se baralho.

Era o café tradicional da província francesa, onde os fregueses apertam a mão da moça da caixa registradora e os garçons tratam com familiaridade os clientes pelo nome. Ilustres da cidade. Representantes comerciais.

E, aqui e acolá, baldes cromados com esfregões.

– Sou o comissário para quem o senhor telefonou há pouco...

O dono, em pé junto ao balcão, dava conselhos aos jogadores de bilhar enquanto vigiava seus funcionários.

– Ah, olá!... Pois é... Já disse tudo que sei.

Falava baixo, parecendo um pouco embaraçado.

– Veja bem, ele sentou naquele canto, perto do terceiro bilhar, e pediu conhaque, depois outro e mais outro... Foi mais ou menos essa hora. Os fregueses olhavam atravessado para ele porque... como dizer? Ele não fazia o gênero da casa.

– Carregava alguma bagagem?

– Uma mala velha com o fecho quebrado. Lembro que, na saída, a mala se abriu, espalhando uns trapos pelo chão. Ele inclusive pediu um barbante para fechá-la.

– Ele conversou com alguém?

O homem olhou para um dos jogadores de bilhar, um rapaz alto, magro e bem vestido que tinha tudo do exímio jogador, desses cujas carambolas são acompanhadas com veneração pelos aficionados.

– Não exatamente... Não quer beber alguma coisa? Podemos sentar aqui.

Escolheu uma mesa afastada, na qual estavam colocadas as travessas.

– Por volta da meia-noite, ele estava branco feito esse mármore... Havia bebido talvez oito ou nove conhaques. E seu olhar tinha uma fixidez que me desagradava. Há pessoas em quem o álcool tem esse efeito. Elas não ficam agitadas, não divagam, mas, num dado momento, desmoronam... Todo mundo tinha notado. Fui lhe dizer que não podia mais servi-lo e ele não protestou...

— Ainda havia algum jogador?

— Os que o senhor vê no terceiro bilhar... São fregueses que vêm todas as noites, organizam campeonatos, formam um clube... O homem foi embora. Foi então que houve o incidente da mala aberta. Não sei como ele conseguiu amarrar o barbante, no estado em que se encontrava. Fechei o bar meia hora mais tarde... Os cavalheiros partiram, apertando a minha mão, e lembro-me que alguém disse:

— Vamos encontrá-lo caído em algum canto do córrego!

O dono observou mais uma vez o jogador elegante, de mãos brancas e bem cuidadas, gravata impecável, cujos sapatos de verniz estalavam todas as vezes que ele contornava a mesa de bilhar.

— Não vejo motivo para não lhe contar tudo. Aliás, sem dúvida foi um acaso ou um engano. Na noite seguinte, um caixeiro-viajante que vem aqui todos os meses me contou que, por volta da uma da manhã, tinha visto o beberrão e o sr. Belloir caminhando lado a lado. Viu, inclusive, os dois entrarem na casa do sr. Belloir...

— É um louro, alto?...

— Exatamente. Mora a cinco minutos daqui, numa casa bonita à Rue de Vesle. É vice-diretor do Banco de Crédito.

— O caixeiro-viajante não está aqui?

— Não! Está no Leste, fazendo sua viagem anual. Só voltará em meados de novembro. Eu disse a ele que ele devia estar enganado. Ele teimou. Quase comentei de brincadeira com o sr. Belloir... Depois, não me atrevi. Ele poderia ter se melindrado, não acha? Peço-lhe que não comente o que acabo de contar. Ou que não dê a entender que fui eu que contei. Na nossa profissão...

O jogador, que concluíra uma série de quarenta e oito pontos, olhava em volta para avaliar o efeito produzido, passava giz verde na ponta do taco e, ao ver Maigret na companhia do dono, piscou imperceptivelmente.

Pois ele, como quase todos que desejam parecer descontraídos, estampava o semblante ansioso do conspirador.

– É sua vez, sr. Émile! – avisou, de longe, Belloir.

4. O visitante inesperado

A casa era nova e, em suas linhas, nos materiais empregados, vigorava um apuro que tendia a dar uma sensação de limpeza, conforto e modernismo sóbrio, bem como de prosperidade.

Tijolos vermelhos, reassentados recentemente; pedras de corte; porta de carvalho envernizado com maçanetas e apliques de cobre...

Eram apenas oito e meia da manhã quando Maigret se apresentou, maquinando, assim, flagrar a vida íntima da família Belloir.

A fachada, em todo caso, harmonizava-se com o status de vice-diretor de banco, e, quando a porta foi aberta por um criado com uniforme imaculado, essa impressão aumentou. O corredor era comprido, limitado por uma porta com espelho bisotê. As paredes imitavam mármore e o piso de granito em dois tons formava figuras geométricas.

À esquerda, portas de carvalho claro com dois batentes: as portas do salão e da sala de jantar.

Num cabideiro de pé, roupas, entre elas o impermeável de

uma criança de quatro ou cinco anos. Um porta-guarda-chuvas bojudo, do qual emergia uma bengala com castão de ouro.

O comissário mal teve tempo de dar uma espiada, deixando-se impregnar um pouco daquela vida altamente organizada. Tão logo pronunciou o nome do sr. Belloir, a criada replicou:

– Se fizer a gentileza de me seguir, os *cavalheiros* o aguardam...

Ela caminhou em direção à porta de vidro. Pelo vão de outra porta, o comissário entreviu a sala de jantar, aquecida e limpa, a mesa posta, onde uma moça de penhoar e um menino de quatro anos tomavam o café da manhã.

Do outro lado da porta envidraçada, começava uma escada de madeira clara, forrada com um tapete de ramagens vermelhas, fixado nos degraus por uma barra de cobre.

No saguão, uma planta ornamental. A criada já se lançava à maçaneta de uma nova porta, a de um escritório, onde três homens voltaram a cabeça ao mesmo tempo.

Houve uma espécie de choque, de constrangimento opressivo, uma angústia até, que fez esbugalhar os olhares, e disso só não se apercebeu a criada, que falou com a maior naturalidade do mundo:

– Se fizer a gentileza de me passar o casaco...

Um dos três homens era Belloir, correto, de cabelo louro alisado; seu vizinho, com trajes menos apurados, era um desconhecido para Maigret; mas o terceiro não era outro senão Joseph Van Damme, o homem de negócios de Bremen.

Duas pessoas falaram ao mesmo tempo. Belloir, franzindo o cenho, deu um passo e, com uma voz um pouco seca e arrogante, em harmonia com o cenário, indagou:

– Senhor?...

Simultaneamente, contudo, Van Damme, esforçando-se para manifestar sua costumeira franqueza, exclamou, estendendo a mão para Maigret:

— Não é possível! Que coincidência encontrá-lo aqui...

O terceiro se calou, acompanhando a cena com ar de interrogação.

— Desculpe o incômodo — disse o comissário. — Não esperava interromper reunião tão matutina...

— Em absoluto! Em absoluto! — retrucou Van Damme. — Sente-se! Um charuto?

Havia uma caixa sobre a mesa de mogno. E o homem de negócios precipitou-se, abriu a caixa, escolhendo ele mesmo um havana enquanto falava.

— Vou pegar meu isqueiro! Espero que não me aplique uma multa por eu não ter nota fiscal... Por que não me contou, em Bremen, que conhecia Belloir? Quando penso que poderíamos ter viajado juntos! Parti poucas horas depois do senhor. Um telegrama a respeito de um assunto me chamou a Paris. Aproveitei para vir cumprimentar Belloir...

Este continuava rígido, fitando alternadamente os dois homens, como se pedisse uma explicação. Foi para ele que Maigret se voltou a fim de esclarecer:

— Vou abreviar minha visita o máximo possível, visto que o senhor espera alguém...

— Eu?... Como sabe disso?

— Simples! Sua criada anunciou que eu era aguardado. Ora, como os senhores não podiam estar à minha espera, é evidente que...

Embora seus olhos sorrissem involuntariamente, as feições permaneciam imóveis.

— Comissário Maigret, da Polícia Judiciária... O senhor talvez tenha me visto ontem à noite no Café de Paris, onde eu pretendia colher determinadas informações sobre uma ocorrência.

— Ora, não seria a história de Bremen por acaso? — reagiu Van Damme com falsa desenvoltura.

— Ela mesma! Poderia, sr. Belloir, examinar esta fotografia

e me dizer se é de fato a do homem que o senhor recebeu aqui numa noite da semana passada?

Ele estendeu uma fotografia do morto. O vice-diretor de banco se debruçou, mas sem olhar, ou melhor, sem fixar o olhar.

– Não conheço... – afirmou, devolvendo a foto a Maigret.

– Tem certeza de que não é o homem que lhe dirigiu a palavra quando o senhor voltava do Café de Paris?

– Do que o senhor está falando?

– Desculpe insistir... Estou atrás de uma informação que, aliás, tem uma importância meramente secundária. E, certo de que os senhores não hesitariam em auxiliar a justiça, permiti-me importuná-los. Naquela noite, um sujeito bêbado estava sentado perto da terceira mesa de bilhar, na qual o senhor jogava sua partida. Ele chamou a atenção de todos os fregueses. Saiu um pouco antes do senhor e, em seguida, quando o senhor saiu com seus amigos, ele o abordou...

– Estou me lembrando... Ele me pediu fogo...

– E o senhor voltou para casa com ele, não foi?

Belloir esboçou um sorriso horrível.

– Não sei quem lhe contou essa fantasia. Não é do meu feitio recolher vagabundos...

– O senhor poderia ter reconhecido um amigo ou...

– Sei escolher meus amigos!

– De modo que voltou sozinho?

– É o que afirmo...

– Esse homem era o mesmo da fotografia que acabei de lhe mostrar?

– Ignoro. Não reparei.

Van Damme escutara com visível impaciência e por diversas vezes estivera prestes a intervir. Quanto ao terceiro personagem, de cavanhaque e roupas pretas, como determinados artistas, olhava pela janela, às vezes limpando o vapor do próprio bafejo, que cobria o vidro.

— Nesse caso, só me resta lhe agradecer e me desculpar novamente, sr. Belloir...

— Um instante, comissário! — interveio Joseph Van Damme. — Não vai partir assim! Fique mais um pouco, eu lhe peço, Belloir vai nos oferecer um conhaque envelhecido que ele sempre tem na adega. Sabia que o odiei por não ter aparecido para jantar comigo em Bremen? Esperei-o a noite inteira...

— Veio de trem?

— Avião! Quase sempre viajo de avião, aliás como a maioria dos homens de negócios. Em Paris, senti vontade de vir ver meu velho companheiro Belloir. Estudamos juntos...

— Em Liège?

— Exatamente. E já fazia quase dez anos que não nos víamos. Eu nem sequer sabia que ele estava casado! Quem diria, encontrá-lo pai de um rapagão... Ainda não terminou com o seu suicida?

Belloir tocara uma campainha para chamar a criada, a quem pediu conhaque e copos. Em cada um de seus gestos, voluntariamente lentos e precisos, percebia-se uma agonia concentrada.

— A investigação está apenas no início — murmurou Maigret, sem insistir. — Impossível prever se será longa ou se em dois ou três dias o caso estará encerrado...

A campainha da porta de entrada ressoou. Os três homens entreolharam-se furtivamente. Ouviram-se vozes na escada. Alguém com um sotaque belga carregado disse:

— Estão todos lá em cima? Conheço o caminho. Pode deixar...

E, da porta, gritou:

— Ei, vocês!

Os traços de Belloir se crisparam. Ele avançou na direção do comissário:

— Jef Lombard, um companheiro... — disse sem muita convicção.

E destacando bem as sílabas:

– O comissário Maigret, da Polícia Judiciária...

O recém-chegado recebeu um leve esbarrão e balbuciou, com voz mecânica que teve entonações cômicas:

– Ah! Que bom... ótimo...

Em seguida, meio zonzo, entregou o sobretudo à criada e foi atrás dela para pegar cigarros no bolso.

– Mais um belga, comissário. O senhor está assistindo a um verdadeiro colóquio de belgas... Deve achar que é uma conspiração. E o conhaque, Belloir? Um charuto, comissário? Jef Lombard é o único que continua morando em Liège. O acaso fez com que nossos assuntos nos chamassem todos ao mesmo tempo no mesmo local, então decidimos comemorar a ocasião com um alegre festim! Se eu ousasse...

Olhou para os outros com uma ligeira hesitação.

– ... O senhor perdeu o jantar que eu queria lhe oferecer em Bremen... Aceite almoçar conosco daqui a pouco.

– Infelizmente, tenho um compromisso – respondeu Maigret. – Além disso, é hora de deixá-los com seus assuntos.

Jef Lombard aproximara-se da mesa. Era alto e magro, com feições irregulares, membros desproporcionalmente compridos, pele clara.

– Ah! Aqui está a foto que eu procurava... – disse o comissário, como que consigo mesmo. – Não lhe pergunto se conhece este homem, pois seria uma coincidência milagrosa, sr. Lombard.

De toda forma, colocou a fotografia debaixo dos olhos dele e viu o pomo de adão do sujeito saltar e entregar-se a um estranho movimento oscilatório.

– Não conheço... – ele conseguiu pronunciar, com uma voz rouca.

Belloir tamborilava a ponta de suas unhas tratadas sobre a mesa. Joseph Van Damme procurava algo para dizer.

— Então não terei o prazer de revê-lo, comissário? Regressa a Paris?

— Ainda não sei... Desculpem-me, cavalheiros...

Como Van Damme apertou sua mão, os demais sentiram-se na obrigação de imitá-lo. A mão de Belloir era seca e dura. A do personagem de barba se estendeu de maneira hesitante. Quanto a Jef Lombard, acendia um cigarro num canto do escritório e limitou-se a um grunhido e a um sinal com a cabeça.

Maigret passou rente à planta ornamental que emergia de uma enorme porcelana e pisou novamente no tapete com barras de cobre. No corredor, ouviu o som agressivo de um violino tocado por um aluno e uma voz de mulher dizendo:

— Mais devagar... Cotovelo na altura do queixo... Bem suave!...

Eram a sra. Belloir e o filho. Avistou-os da rua através das cortinas da sala.

Eram duas horas e Maigret terminava de almoçar no Café de Paris, quando viu Van Damme entrar, olhando em volta como se procurasse alguém. O homem de negócios sorriu ao perceber o comissário e avançou em sua direção com a mão estendida.

— Então é a isso que chama de compromisso! — disse. — Almoçar sozinho num restaurante... Compreendo... Quis nos deixar à vontade.

Pertencia, definitivamente, à categoria de homens que se penduram nas pessoas sem ser convidados, recusando-se a perceber que a acolhida que lhes é reservada talvez não seja das mais estimulantes.

Maigret concedeu-se o prazer perverso de se mostrar

bem frio, o que não impediu Van Damme de instalar-se à sua mesa.

– Terminou? Nesse caso, permita-me oferecer-lhe um cálice... Garçom! Vejamos, o que o senhor toma, comissário? Um armanhaque envelhecido?

Pediu a carta dos destilados, chamou o proprietário, decidiu-se afinal por um Armagnac 1867 e exigiu cálices de degustação.

– A propósito... Está voltando para Paris? Vou para lá hoje à tarde e, como tenho horror a trens, pretendo alugar um carro. Caso aceite, posso lhe oferecer uma carona. O que achou dos meus amigos?

Cheirou o armanhaque com ar crítico e pegou um estojo de charutos no bolso.

– Por favor, são de primeira... Só há uma casa em Bremen onde é possível encontrá-los e ela os importa diretamente de Havana.

Maigret exibia sua expressão mais neutra, seu olhar mais vazio de pensamentos.

– Engraçado encontrar as pessoas depois de alguns anos... – continuou Van Damme, que parecia incapaz de suportar o silêncio. – Com vinte anos, no começo, se posso dizer assim, somos todos do mesmo time. Quando nos revemos mais tarde, ficamos perplexos diante do fosso que se abriu. Não que eu queira falar mal deles... Mas, agora há pouco, na casa de Belloir, me senti completamente deslocado.

"A atmosfera opressiva da província! O próprio Belloir, um presunçoso... Mas até que ele não se deu muito mal. Casou-se com a filha de Morvandeau, o Morvandeau dos arquivos metálicos. Todos os seus cunhados estão na indústria.... Quanto a ele, goza de uma belíssima situação no banco, do qual um dia virá a ser diretor.

– E o baixinho de cavanhaque? – indagou Maigret.

– Aquele... Talvez um dia suba na vida. Enquanto isso,

come o pão que o diabo amassou. É escultor em Paris. Parece ter talento. No entanto... O senhor viu o terno dele do século passado. Zero em matéria de modernidade! Nenhuma aptidão para os negócios...

– Jef Lombard?...

– O melhor rapaz da face da Terra! Jovem, é o que chamamos de um brincalhão, que o deixaria sem fôlego por horas a fio...

"Estava destinado à pintura. Para sobreviver, fez desenhos para os jornais. Depois entrou no ramo da clicheria em Liège. É casado. Ouvi dizer que está esperando o terceiro filho...

"Ou seja, minha sensação no meio deles foi de claustrofobia! Vidinhas, preocupações tacanhas... Não é culpa deles, mas tenho pressa em mergulhar novamente na atmosfera dos negócios..."

Esvaziou o copo, olhou o salão quase deserto onde um garçom, sentado numa mesa ao fundo, lia o jornal.

– Combinado então? Volta comigo para Paris?

– Ora, já não está levando o baixinho de cavanhaque que veio em sua companhia?

– Janin? Não! A essa hora, ele já pegou o trem...

– Casado?

– Não exatamente. Mas está sempre com uma ou outra namorada, que mora com ele por uma semana ou um ano... Depois ele troca! E costuma apresentar sua companheira como sra. Janin. Garçom, renove isto!

Maigret, por vezes, era obrigado a disfarçar o olhar, que se tornava demasiado incisivo. O proprietário veio pessoalmente lhe dizer que o chamavam ao telefone, pois ele deixara o endereço do Café de Paris na chefatura.

Notícias de Bruxelas haviam chegado por telégrafo na PJ. *As trinta cédulas de mil francos foram entregues pelo Banque Générale de Belgique a um tal de Louis Jeunet, como pagamento de um cheque assinado Maurice Belloir.*

Quando abriu a porta da cabine telefônica, Maigret notou Van Damme, que ignorando estar sendo observado, tinha as feições distendidas. Consequentemente, parecia menos à vontade, menos corado, menos transbordante, sobretudo, de saúde e otimismo.

Ao sentir um olhar cravado nele, estremeceu, voltando a ser, automaticamente, um jovial homem de negócios.

– Combinado então? Vem comigo? Ei, chefe! Quer tomar as providências para que um carro venha nos pegar e levar a Paris? Um automóvel confortável, não é mesmo? Enquanto isso, mais uma dose...

Mascou a ponta de um charuto e, numa fração de segundo, enquanto fitava o mármore da mesa, suas pupilas se embaçaram e as comissuras dos lábios desceram, como se o tabaco estivesse com um sabor muito amargo.

– É quando moramos no estrangeiro que apreciamos os vinhos e conhaques da França...

Suas palavras soaram vazias. Sentia-se um abismo entre elas e os pensamentos que rodavam por trás da testa do homem.

Jef Lombard passou pela rua. As cortinas de tule esfumaçavam seu vulto. Estava sozinho. Dava passos largos e lentos, desanimados, sem nada apreciar do espetáculo da cidade.

Carregava uma valise de viagem que lembrou a Maigret as duas malas amarelas. Mas aquela era de qualidade superior, com duas correias e um compartimento para cartões de visita.

Os saltos do sapato começavam a ficar gastos de um lado. As roupas não eram escovadas diariamente. Jef Lombard dirigia-se a pé para a estação.

Uma nuvem de perfume, mesclada ao forte eflúvio de conhaque, aureolava Van Damme, que exibia um grande anel de platina no dedo. Ouvia-se o murmúrio da voz do proprietário telefonando para a locadora de carros.

Belloir devia estar saindo de sua casa nova e dirigindo-se à entrada de mármore do banco, enquanto sua mulher passeava com o filho ao longo das avenidas.

Todos o cumprimentavam. Seu sogro era o maior negociante da região. Seus cunhados estavam na indústria. Tinha um belo futuro.

Janin, por sua vez, com seu cavanhaque preto e sua gravata-borboleta, estava a caminho de Paris – na terceira classe, Maigret teria apostado.

E no nível mais baixo da escala, o lívido passageiro de Neuschanz e Bremen, o marido da herborista da Rue Picpus, o fresador da Rue de la Roquette, das carraspanas solitárias, que ia contemplar sua mulher através dos vidros da loja, que enviava a si mesmo dinheiro embrulhado como jornal velho, que comprava pãezinhos com salsicha numa lanchonete da estação e disparava uma bala na boca porque lhe haviam roubado um terno que não lhe pertencia.

– Tudo bem, comissário?

Maigret sobressaltou-se e lançou um olhar tão anuviado para seu companheiro que este, incomodado, tentou rir – mal! – e balbuciou:

– Estava sonhando? Parecia longe daqui... Aposto que ainda é o seu suicida que o atormenta...

Não exatamente! Pois no momento preciso em que era interpelado, Maigret, sem saber ele mesmo por quê, fazia uma conta, uma conta das crianças envolvidas na história: uma na Rue Picpus, entre a mãe e a avó, numa loja que cheirava a menta e borracha; outra em Reims, que aprendia a manter o cotovelo na altura do queixo ao passar o arco pelas cordas do violino; duas em Liège, na casa de Jef Lombard, onde uma terceira era esperada...

– Um último armanhaque, não é mesmo?

– Obrigado, foi o bastante...

– Vamos! Apenas mais este último...

Joseph Van Damme foi o único a rir, como sentia, constantemente, necessidade de fazer – como a criança que com medo de descer ao porão assobia para se convencer de que tem coragem.

5. O pneu furado em Luzancy

Foi raro haver um silêncio de três minutos enquanto seguiam a toda a velocidade ao cair da noite. Joseph Van Damme sempre encontrava alguma coisa para falar e, estimulado pelo armanhaque, conseguia manter o entusiasmo.

O automóvel era um velho carro de passeio com estofamento desgastado, porta-flores e lixeirinhas em marchetaria. O motorista usava um *trench-coat* e, no pescoço, um cachecol de tricô.

Em determinado momento, quando rodavam já fazia quase duas horas, a marcha foi reduzida e o carro parou no acostamento, a aproximadamente um quilômetro de uma aldeia, da qual se viam algumas luzes em meio à névoa.

O motorista inclinou-se sobre as rodas traseiras e em seguida, abrindo a porta, comunicou que um pneu havia furado e que precisava de quinze minutos para trocá-lo.

Os dois homens desceram. O mecânico já instalara um macaco sob o eixo, afirmando não precisar de ajuda.

Quem, Maigret ou Van Damme, sugeriu uma volta? A bem da verdade, nenhum dos dois. Aconteceu de forma natural.

Começaram dando alguns passos pela estrada, depois avistaram um caminho estreito que acompanhava a correnteza de um rio.

– Puxa! O Marne... – observou Van Damme. – Está na cheia...

Seguiram pelo caminho com passos lentos, fumando seus charutos. Ouvia-se um barulho confuso, cuja origem só foram compreender ao alcançarem a margem.

A cem metros, do outro lado do canal, havia uma eclusa, a de Luzancy, cujas cercanias estavam desertas e as comportas fechadas. Aos pés dos dois homens, situava-se a barragem, com sua queda leitosa, sua efervescência, seus remoinhos, sua corrente poderosa. O Marne regurgitava.

Na escuridão, entreviam-se galhos de árvores, talvez árvores inteiras à deriva, colidindo na barragem e terminando por transpô-la.

Uma única luz: a da eclusa em frente.

Nesse momento preciso, Joseph Van Damme, prosseguindo em seu discurso, dizia:

– ... Todos os anos os alemães fazem esforços inauditos para captar a energia dos rios, e nesse aspecto são imitados pelos russos. Na Ucrânia, construíram uma barragem que custará cento e vinte milhões de dólares, mas ela fornecerá energia elétrica a três províncias...

Foi imperceptível: sua voz fraquejou nas palavras *energia elétrica*. Em seguida voltou a ganhar amplitude. O homem, então, sentiu necessidade de tossir, tirar o lenço do bolso e se assoar.

Estavam a menos de meio metro da água, quando, bruscamente, Maigret, empurrado pelas costas, perdeu o equilíbrio, vacilou e rolou para a frente, agarrando-se com as mãos no capim da ribanceira, os pés já na água, enquanto seu chapéu deslizava por cima da barragem.

O resto se deu rápido, pois o comissário pressentira o ataque. Magotes de terra cediam sob sua mão direita.

Mas a esquerda agarrara um galho flexível que ele notara ali.

Logo já punha os joelhos no caminho de sirga, depois ficou de pé, gritando para um vulto que se afastava:

– Pare!

Coisa estranha, Van Damme não ousava correr. Encaminhava-se para o carro sem apertar o passo, voltando a cabeça, as pernas trêmulas de emoção.

Deixou-se alcançar, cabisbaixo, o pescoço enfiado na gola do sobretudo. Teve apenas um gesto, um gesto de raiva, como se desferisse um soco numa mesa imaginária, rosnando:

– Imbecil!...

Instintivamente, Maigret sacara o revólver. Sem largá-lo, sem parar de observar seu companheiro, sacudiu sua calça molhada até os joelhos, enquanto água esguichava do sapato.

Na estrada, o motorista dava pequenas buzinadas, anunciando que o carro estava em condições de partir.

– Ande! – ordenou o comissário.

Em silêncio, voltaram a ocupar seus assentos. Van Damme mantinha o charuto entre os dentes. Evitava o olhar de Maigret.

Dez quilômetros. Vinte quilômetros. Uma aglomeração, que atravessaram em marcha lenta. Pessoas caminhando por avenidas iluminadas. Depois a estrada novamente.

– De todo modo, o senhor não pode me prender...

O comissário, que não esperava por essas palavras, pronunciadas bem devagar e num tom de voz obstinado, estremeceu.
– ainda que elas correspondessem exatamente às suas preocupações.

Chegaram a Meaux. O grande subúrbio substituiu o campo. Uma chuva fina começava a cair e, quando passavam por um poste de iluminação, cada gota virava uma estrela. Aproximando a boca da corneta acústica, o policial disse:

— Leve-nos à chefatura de polícia, Quai des Orfèvres...

Encheu um cachimbo, que não pôde fumar porque os fósforos estavam úmidos. Não via o rosto de Van Damme, voltado para a porta, quase de costas, atenuado pela penumbra. Mas sua ferocidade era quase palpável.

No ar, havia agora uma condensação de algo implacável, rancoroso.

O próprio Maigret projetava um pouco o maxilar inferior, numa expressão rabugenta.

Isso se traduziu numa situação esdrúxula, quando o carro estacionou defronte à chefatura. O policial foi o primeiro a descer.

— Venha! — ordenou.

O motorista aguardava o pagamento e Van Damme não parecia nem um pouco preocupado com isso. Houve um instante de vacilação. Maigret arriscou, não sem se dar conta do ridículo da situação:

— Como é? Foi o senhor que alugou o carro...

— Desculpe, mas se viajei sob custódia, cabe ao senhor pagar.

Essa particularidade não valia para todo o trajeto percorrido desde Reims nem, sobretudo, para a metamorfose que se operara no belga.

Maigret pagou, apontou sem uma palavra o caminho para o homem e fechou a porta de sua sala, onde sua primeira atitude foi atiçar a estufa.

Em seguida, abriu um armário, do qual tirou uma muda de roupa, e, ignorando seu hóspede, trocou calça, meia e sapato, pondo as peças molhadas para secar junto ao fogo.

Sem ser convidado, Van Damme se sentara. Com a luz, a transformação era ainda mais impressionante.

Ele deixara em Luzancy a falsa bonomia, a extroversão, o sorriso um tanto forçado e, com as feições repuxadas e olhar dissimulado, esperava.

Maigret ainda se dedicou a outros afazeres e, fingindo desinteressar-se dele, arquivou pastas e telefonou a seu chefe para solicitar uma informação que nada tinha a ver com o caso.

Por fim, plantando-se diante de Van Damme, indagou:

– Onde, quando e como o senhor conheceu o suicida de Bremen, que viajava com um passaporte sob o nome de Louis Jeunet?

O outro apenas estremeceu. Em seguida, num gesto decidido, ergueu a cabeça e replicou:

– A título de quê estou aqui?

– Recusa-se a responder à minha pergunta?

Van Damme riu, um riso novo, irônico, mau.

– Conheço as leis tão bem quanto o senhor, comissário. Ou o senhor me indicia, e espero para ver o mandado de prisão, ou não me indicia, e nada me obriga a lhe responder.

"No primeiro caso, o código me autoriza ser assistido por um advogado."

Maigret não se zangou nem pareceu contrariado diante daquela postura. Ao contrário. Observou seu companheiro com curiosidade, talvez com certa satisfação.

Graças ao incidente de Luzancy, Joseph Van Damme vira-se forçado a abandonar seu teatro. Não só o que representava para Maigret como o que representava para o mundo e até para si mesmo!

Quase nada restava do homem de negócios alegre e superficial de Bremen, que transitava entre as grandes tabernas e seu escritório moderno e entre seu escritório e os restaurantes da moda. Nem sinal da despreocupação do comerciante próspero nos negócios, que mergulha no trabalho e acumula dinheiro com robusta energia, com um apetite de quem ama a vida!

Restava tão somente um rosto burilado de pele fosca. E não é que o intervalo de uma hora fora suficiente para que bolsas se formassem sob suas pálpebras!

Afinal, uma hora antes, Van Damme ainda era um homem livre que, se porventura carregava alguma coisa na consciência, continuava a exibir a segurança que lhe conferiam sua reputação, seu dinheiro, sua posição e sua astúcia!

Ele mesmo enfatizara essa diferença.

Em Reims, oferecia uma rodada atrás da outra. Estendia charutos de luxo a Maigret. Pedia, e o proprietário do estabelecimento se desmanchava para agradá-lo, telefonando à locadora e requisitando o carro mais confortável.

Ele era *alguém*!

Em Paris, recusara-se a pagar a corrida. Aludia ao código penal. Parecia disposto a discutir, a defender-se palmo a palmo, renhidamente, como quem defende a própria cabeça.

E estava furioso consigo mesmo! Sua exclamação, após o evento nas margens do Marne, provava isso!

Não premeditara nada. Não conhecia o motorista. No momento em que o pneu furou, nem lhe ocorrera, de imediato, tirar partido daquilo.

Só à beira d'água... Aqueles redemoinhos... As árvores passando como simples folhas mortas... Tolamente, sem refletir, esbarrara nele com o ombro.

Estava furioso! Percebeu que o outro havia esperado aquele gesto.

Sem dúvida percebia igualmente que estava perdido, por isso mostrava-se ainda mais determinado a se defender como um condenado.

Fez menção de acender outro charuto, mas Maigret arrancou-o de sua boca e o jogou na gaveta do carvão, aproveitando para tirar o chapéu que Van Damme conservara na cabeça.

– Saiba que tenho mais o que fazer. Caso não se decida a me colocar sob custódia segundo as formas previstas pela lei, peço-lhe o obséquio de me restituir a liberdade. Caso contrário, serei obrigado a processá-lo por sequestro.

"A propósito, quanto ao banho que o senhor tomou, declaro que negarei energicamente. O senhor deu um passo em falso no barro encharcado do caminho de sirga. O motorista afirmará que não tentei fugir, o que teria feito se tivesse realmente tentado afogá-lo.

"Quanto ao resto, continuo esperando para saber o que tem a me recriminar. Vim a Paris a negócios, provarei isso. Em seguida, fui a Reims visitar um velho colega, de nome tão honrado quanto o meu...

"Ao encontrar o senhor em Bremen, onde os franceses são raros, tive a ingenuidade de ser amistoso, oferecer-lhe comida e bebida e, no fim, uma carona até Paris.

"O senhor mostrou, aos meus amigos e a mim, a fotografia de um homem que não conhecemos. Ele se matou! Isso está materialmente provado. Nenhuma queixa foi registrada e, por conseguinte, não há inquérito em curso.

"É tudo que tenho a lhe dizer..."

Com um papel dobrado, que ele introduzira na estufa, Maigret acendeu o cachimbo e disse:

– O senhor está absolutamente livre.

Não pôde reprimir um sorriso enquanto Van Damme abismava-se com a vitória demasiado fácil.

– Isso quer dizer o quê?

– Que está livre! Só isso! Acrescento que estou disposto a lhe retribuir a gentileza, convidando-o para jantar.

Raramente sentira-se tão alegre. O outro observava-o com um misto de perplexidade e pavor, como se cada uma daquelas palavras embutisse uma ameaça disfarçada. Hesitante, levantou-se.

– Estou livre para regressar a Bremen?

– Por que não? O senhor mesmo acaba de dizer que não é culpado de nenhum delito...

Por um instante foi possível acreditar que Van Damme ia

recuperar a segurança e a inconsequência, talvez aceitar o convite para jantar e explicar sua atitude em Luzancy como desastrada ou fruto de um acesso de loucura.

Mas o sorriso de Maigret derreteu aquela veleidade de otimismo. Ele pegou o chapéu e o assentou na cabeça com um gesto seco.

– Quanto lhe devo pelo carro?

– Absolutamente nada. Foi uma grande satisfação prestar-lhe esse favor...

Não tremiam os lábios do homem? Ele não sabia como se retirar. Procurava algo para dizer. Terminou por encolher os ombros e dirigir-se à porta, resmungando, sem que se pudesse saber ao certo a quem ou a quê a palavra se aplicava:

– Idiota!...

No hall da escada, onde o comissário, com os cotovelos no balaústre, observava-o desaparecer, ele continuava repetindo a mesma coisa.

O inspetor Lucas chegava, carregando algumas pastas, a caminho do escritório do chefe.

– Depressa! Seu chapéu, sua capa... Siga aquele homem até o fim do mundo se for preciso...

E Maigret pegou as pastas das mãos de seu subordinado.

O comissário acabava de preencher um punhado de formulários, cada um encabeçado por um nome. Os papéis, transmitidos às diversas brigadas, lhe seriam devolvidos com informações detalhadas sobre os envolvidos, a saber: Maurice Belloir, vice-diretor de banco, Rue de Vesle, em Reims, originário de Liège; Jef Lombard, clicherista em Liège; Gaston Janin, escultor, Rue Lepic, em Paris; e Joseph Van Damme, representante comercial em Bremen.

Estava no último formulário, quando o contínuo veio lhe

comunicar que um homem pedia para ser ouvido a respeito do suicídio de Louis Jeunet.

Era tarde. As dependências da Polícia Judiciária foram se esvaziando aos poucos. Na sala ao lado, contudo, um inspetor batia um relatório à máquina.

— Faça-o entrar!

O personagem que trouxeram, meio sem jeito ou ansioso, parou à porta, talvez já arrependido de sua iniciativa.

— Entre! Sente-se...

Maigret percorreu-o com os olhos. Alto, magro, cabelo bem louro, barba por fazer, roupas surradas que não deixavam de lembrar as de Louis Jeunet. Faltava-lhe um botão no sobretudo, que tinha manchas de gordura na gola e fiapos na lapela.

Em outras banalidades, ainda, em um certo jeito de ser, sentar, olhar, o comissário identificava o contraventor que, mesmo estando limpo, não consegue vencer a angústia de se ver diante da polícia.

— O senhor veio por causa da publicação da fotografia nos jornais? Por que não se apresentou imediatamente? A fotografia foi publicada há dois dias...

— Não leio jornais... — começou o homem. — Minha mulher trouxe por acaso um pedaço no embrulho das compras...

Em algum lugar Maigret já se deixara impressionar por aquela mobilidade de expressão, por aquele frêmito contínuo das narinas e, acima de tudo, por aquele olhar irrequieto, de uma inquietude doentia.

— O senhor conhecia Louis Jeunet?

— Não sei... A fotografia está ruim, mas lembra... Acho que é o meu irmão...

Um suspiro involuntário de alívio saiu da boca de Maigret. Pareceu-lhe, dessa vez, que o mistério ia se esclarecer por inteiro e num piscar de olhos. E foi plantar-se de costas para a estufa, na posição que adotava quando estava de bom humor.

– Nesse caso, o senhor se chama Jeunet?

– Não... Justamente... Foi o que me fez hesitar em vir. Mas é de fato meu irmão! Tenho certeza. Essa cicatriz, veja... Não entendo por que ele se matou, muito menos por que mudou de nome.

– Qual é o seu?

– Armand Lecocq d'Arneville. Trouxe um documento.

E aquilo também, aquele gesto em direção ao bolso para pegar um passaporte imundo, denunciava o fora da lei, habituado a ser alvo de suspeita e a mostrar a carteira de identidade.

– ... d'Arneville com uma letra minúscula? Em duas palavras?

– Sim...

– O senhor nasceu em Liège... – prosseguiu o comissário, passando os olhos pelo passaporte. – Tem trinta e cinco anos... Trabalha em quê?

– No momento, sou contínuo numa fábrica em Issy-les-Moulineaux... Moramos em Grenelle, minha mulher e eu.

– O senhor consta aqui como mecânico...

– Fui... Fiz de tudo.

– Foi inclusive presidiário! – afirmou Maigret, virando as páginas do livrinho. – O senhor é um desertor...

– Houve a anistia... Posso explicar. Meu pai era rico... dono de uma loja de pneus. Eu tinha apenas seis anos quando ele abandonou minha mãe, que acabava de conceber o meu irmão Jean. Tudo vem daí...

"Nos instalamos num pequeno apartamento na Rue de la Province, em Liège. No início, meu pai enviava regularmente uma soma para a nossa subsistência.

"Ele vivia na farra. Tinha amantes... Uma vez, quando foi nos levar o dinheiro, havia uma mulher no carro, estacionado no meio-fio.

"Houve cenas... Meu pai parou de pagar, ou então atrasava

o pagamento... Minha mãe começou a trabalhar como faxineira e foi mergulhando na loucura.

"Mas não a ponto de ser internada. Abordava desconhecidos para lhes contar seus infortúnios. Chorava, perdida pelas ruas...

"Meu irmão, eu nem via. Eu aprontava com os meninos do bairro. Fomos parar dez vezes na delegacia de polícia... Depois me colocaram para trabalhar numa loja de quinquilharias...

"Eu praticamente não aparecia em casa, onde minha mãe chorava sem parar, atraindo as velhas da vizinhança para se lamuriar com elas.

"Com dezesseis anos, me alistei no Exército e pedi para ser enviado ao Congo. Fiquei lá apenas um mês. Permaneci escondido em Matadi por oito dias, depois embarquei clandestinamente em um navio que regressava à Europa.

"Fui descoberto. Acabei preso. Fugi e vim para a França, onde fiz um pouco de tudo.

"Passei fome... Dormi nos Halles... Nunca fui santo, mas juro que estou limpo há quatro anos.

"Tanto que cheguei a me casar! Com uma operária de fábrica, que continua trabalhando, pois eu não ganho muito e volta e meia estou desempregado...

"Nunca tentei voltar à Bélgica. Ouvi dizer que a minha mãe morreu num hospício e que o meu pai ainda está vivo.

"Mas ele nunca quis saber de nós. Tem uma segunda família..."

E o homem sorriu obliquamente, meio que se justificando.

– E o seu irmão?

– Não é a mesma coisa. Jean era sério. Na escola, obteve uma bolsa e conseguiu estudar. Quanto troquei a Bélgica pelo Congo, ele só tinha treze anos, e nunca mais o vi...

"Volta e meia eu recebia notícias dele, pois costumo encontrar pessoas de Liège. Quando acabou o curso colegial, conseguiu ajuda para entrar na faculdade.

"Isso faz dez anos. De lá para cá, todos os conterrâneos que encontrei me garantiram não saber mais nada sobre ele, que Jean devia ter ido para o estrangeiro, já que não se ouvia mais falar dele...

"Foi um choque quando vi a fotografia, principalmente por saber que ele morreu em Bremen, sob um nome falso...

"O senhor não entende... Tudo bem, eu comecei mal, me perdi... Fiz muita besteira por aí...

"Mas quando me lembro de Jean com treze anos... Ele parecia comigo, embora fosse um pouco mais calmo, mais sério. Já lia poesia. Passava as noites estudando, sozinho, com a luz de tocos de vela que um sacristão lhe dava...

"Eu tinha certeza de que ele seria alguma coisa. E não devia mesmo pensar assim? Afinal, nem por todo o ouro do mundo ele se arriscava pelas ruas... A ponto da gangue do bairro ridicularizá-lo!

"Já eu precisava sempre de dinheiro e não hesitava em extorquir minha mãe, que se sacrificava para me dar algum. Ela nos adorava. Com dezesseis anos somos cegos... Me lembro de um dia em que fui odioso, tinha prometido levar uma garota ao cinema...

"Minha mãe estava sem dinheiro. Chorei, ameacei... Ela tinha acabado de comprar alguns remédios com o dinheiro que recebeu por um trabalho de costura e foi revendê-los...

"Compreende agora? E de repente Jean aparece morto dessa maneira, usando um nome falso!

"Não sei o que ele fez. Não consigo acreditar que tenha seguido a mesma trilha que eu... O senhor pensaria da mesma forma se o tivesse conhecido quando criança.

"O senhor sabe de alguma coisa?..."

Maigret devolveu o passaporte a seu interlocutor.

– Você conhece, em Liège, uns sujeitos chamados Belloir, Van Damme, Janin e Lombard? – perguntou o comissário.

– Um Belloir, sim. Seu pai era médico no nosso bairro. O filho estudava... Mas eram pessoas "finas", que nem olhavam para mim.

– E os outros?

– Ouvi o nome Van Damme... Acho que na Rue de la Cathédrale havia uma grande mercearia com esse nome. Mas isso já faz tanto tempo...

E Armand Lecocq d'Arneville acrescentou, após breve hesitação:

– Eu poderia ver o corpo de Jean? Para onde o levaram?

– Chegará amanhã a Paris.

– O senhor tem certeza de que ele realmente se matou?

Maigret desviou a cabeça, constrangido ao pensar que tinha mais do que certeza, que assistira ao drama, que inadvertidamente o provocara.

O homem retorcia seu boné, oscilava entre uma perna e outra, esperando ser dispensado. E seus olhos afundados nas órbitas, suas pupilas iguais a confetes cinzentos perdidos nas pálpebras claras, lembravam de tal forma os olhos humildes e ansiosos do viajante de Neuschanz que Maigret sentiu no peito um beliscão doído que lembrava um remorso.

6. Os enforcados

Eram nove da noite. Maigret estava em casa, no bulevar Richard-Lenoir, de colarinho aberto e sem paletó, sua mulher costurava, quando Lucas entrou, sacudindo os ombros encharcados pela chuva torrencial.

— O homem foi embora — disse. — Como eu não sabia se era para segui-lo também fora do país...

— Liège?

— Isso mesmo! O senhor já sabe? Estava hospedado no Hotel du Louvre. Jantou, trocou de roupa e pegou o expresso das 8h19 para Liège. Passagem simples de primeira classe. Comprou uma pilha de revistas no quiosque da estação.

— Ele parece se embolar de propósito nas minhas pernas! — murmurou o comissário. — Em Bremen, quando eu nem suspeitava de sua existência, ele se apresenta no necrotério, me convida para almoçar, gruda em mim... Chego a Paris: lá está ele algumas horas mais cedo ou mais tarde... Provavelmente mais cedo, pois foi de avião. Vou a Reims e ele já está lá... Uma hora atrás, decidi ir amanhã a Liège, e não é que ele já se encontra lá desde hoje à tarde?! O mais irritante é que ele sabe perfeitamente que eu vou chegar e que sua presença lá é quase uma autoincriminação.

Lucas, que nada conhecia do caso, conjecturou:

— Talvez ele queira atrair as suspeitas para si mesmo a fim de salvar outra pessoa...

— Trata-se de um crime? — indagou calmamente a sra. Maigret, sem interromper a costura.

Seu marido, porém, levantou-se, suspirando, e olhou para a poltrona em que estava instalado momentos antes.

— A que horas sai o trem para a Bélgica?

— Há apenas o trem noturno, às 21h30. Chega a Liège por volta das seis da manhã.

— Você pode preparar minha mala? — pediu o comissário à sua mulher. — Um copo de alguma coisa, Lucas? Sirva-se! Você já sabe onde fica o armário... Acabei de receber o licor de ameixa feito pela minha cunhada na Alsácia. É a garrafa de pescoço comprido...

Vestiu-se, tirou da mala de couro sintético amarela o terno B e guardou-o, bem embrulhado, em sua bagagem. Meia hora depois, saía acompanhado de Lucas, que perguntou, enquanto os dois esperavam um táxi:

— Que caso é esse? Não ouvi nenhum comentário na PJ...

— Nem eu sei muita coisa! — afirmou o comissário. — Um rapaz muito estranho suicidou-se da maneira mais estúpida na minha frente, e venho tentando desvendar a confusão armada em torno desse gesto. Entrei nesse caso de maneira meio estabanada e não me admiraria se terminasse repreendido... Está vindo um carro. Deixo-o no centro?

Eram oito da manhã quando ele saiu do Hotel da Ferrovia, em frente à estação dos Guillemins, em Liège. Tomara um banho, fizera a barba e carregava embaixo do braço um embrulho contendo não o terno B completo, mas apenas o paletó.

Encontrou a Rue Haute-Sauvenière, uma subida movimentada, e ali perguntou pelo alfaiate Morcel. Era uma casa mal iluminada, onde um homem em mangas de camisa, enquanto fazia perguntas, pegou o paletó e examinou-o demoradamente.

– É uma peça muito velha! – afirmou após refletir. – Está rasgada. Não podemos deduzir mais nada...

– Ela não lembra nada ao senhor?

– Absolutamente nada. A gola foi mal cortada. É imitação de tecido inglês, fabricada em Verviers...

E o homem destravou a língua.

– O senhor é francês? Esse paletó pertence a alguém que o senhor conhecia?

Maigret suspirou e pegou de volta o objeto, enquanto seu interlocutor continuava a falar, terminando por onde deveria ter começado.

– Esqueci de dizer! Estou aqui há apenas seis meses. Se eu tivesse feito esse terno, ele não teria tido tempo de puir...

– E o sr. Morcel?

– Em Robermont!

– É longe?

O alfaiate riu, divertindo-se com o equívoco, e explicou:

– Robermont é o cemitério. O sr. Morcel morreu no início do ano e eu herdei o negócio.

Maigret se viu na rua, abraçado ao pacote. Dirigiu-se à Rue Hors-Château, uma das mais antigas da cidade, onde, no fundo de um pátio, uma placa de zinco informava: *Clicheria Central – Jef Lombard – Serviços rápidos e variados*.

As janelas em estilo vieux-Liège tinham caixilhos pequenos. No centro do pátio, tendo como base pequenos paralelepípedos desiguais, erguia-se uma fonte esculpida com o brasão de um fidalgo de outrora.

O comissário tocou a sineta. Ouviu passos descendo do primeiro andar; uma velha abriu a porta da entrada e apontou para uma porta de vidro.

— É só empurrar. O laboratório fica no fim do corredor.

Um recinto comprido e iluminado por uma claraboia, onde dois homens de macacão azul circulavam entre chapas de zinco e tinas com ácidos, enquanto provas de fotografias e papéis manchados por uma tinta viscosa juncavam o chão.

Cartazes cobriam as paredes. Viam-se também capas de revistas.

— O sr. Lombard?...

— Está no escritório com um cavalheiro. Passe por aqui... Cuidado para não se sujar! Vire à esquerda. É a primeira porta.

Aquelas dependências pareciam ter sido construídas por módulos. Escadas subiam e desciam. Portas abriam-se para salas abandonadas.

Tudo ali era ao mesmo tempo arcaico e de uma estranha singeleza, aliás igualmente observável na velha que recebera Maigret e nos funcionários.

Chegando a um corredor mal iluminado, o comissário ouviu fragmentos de vozes e, julgando reconhecer o timbre de Joseph Van Damme, tentou entender. Impossível. Deu então mais alguns passos e as vozes se calaram. Uma cabeça passou pelo vão da porta, a de Jef Lombard.

— É para mim? — gritou, sem reconhecer o visitante na penumbra.

O escritório era uma sala menor que as outras, mobiliada com uma mesa, duas cadeiras e prateleiras abarrotadas de clichês. Na mesa em desordem, viam-se contas, prospectos, cartas em papel timbrado dos mais variados estabelecimentos comerciais.

Sentado a um canto do escritório, estava Van Damme, que, após um vago cumprimento de cabeça dirigido a Maigret, permaneceu imóvel, olhando para um ponto impreciso à sua frente, com cara de poucos amigos.

Jef Lombard vestia um uniforme de trabalho, tinha as mãos sujas e pequenas manchas escuras no rosto.

– O que o senhor deseja?

Removeu os papéis de uma cadeira e empurrou-a para o visitante, procurando um toco de cigarro que deixara numa prateleira, cuja beirada começava a queimar.

– Uma simples informação – disse o comissário, mantendo-se em pé. – Desculpe incomodar. Eu gostaria de saber se, há alguns anos, o senhor conheceu um tal de Jean Lecocq d'Arneville.

Houve, nitidamente, algo como um disparo. Van Damme estremeceu, mas evitou olhar para Maigret. Quanto ao clicherista, ele se abaixou de súbito para pegar um papel amassado no chão.

– Eu... acho que já ouvi esse nome... – murmurou. – É de Liège, não é?

Estava pálido. Mudou de lugar uma pilha de clichês.

– Não sei o que foi feito dele... Ele... faz tanto tempo!

– Jef! Depressa, Jef!...

Era uma voz de mulher, vinda do labirinto de corredores. Uma mulher que chegou correndo, esbaforida, e parou diante da porta aberta, tão transtornada que suas pernas tremiam e ela esfregava as mãos na bainha do avental. Maigret reconheceu a velha que o recebera.

– Jef!

E ele, pálido de emoção, os olhos cintilando:

– E então?

– Uma menina... Depressa!

Ele olhou em volta, balbuciou alguma coisa de indistinto e saiu feito um raio porta afora.

Os dois homens ficaram a sós, e Van Damme, puxando um charuto do bolso, acendeu-o lentamente, esmagando o fósforo com o pé. Tinha os traços duros, como na chefatura, o mesmo vinco nos lábios, o mesmo movimento dos maxilares.

Mas o comissário fingiu não notar sua presença e, com as mãos nos bolsos e o cachimbo na boca, pôs-se a circular pela sala, examinando as paredes.

Mal se viam, aqui e ali, alguns centímetros do papel de parede, pois o espaço não ocupado por prateleiras estava tomado por desenhos, aquarelas e quadros a óleo.

Não havia moldura nos quadros. Eram simples telas sobre chassis, paisagens mal executadas, em que a relva e a folhagem das árvores estampavam o mesmo verde chapado.

Havia também algumas caricaturas com a assinatura *Jef*, ora realçadas com aquarela, ora recortadas de um jornal local.

Mas o que impressionava Maigret era a abundância de desenhos de outro gênero, na realidade variações sobre o mesmo tema. Os papéis estavam amarelecidos. Algumas datas permitiam estabelecer que haviam sido feitos aproximadamente dez anos antes.

Exibiam um traço diferente, infinitamente mais romântico, que não deixava de lembrar Gustave Doré imitado por um principiante.

Um primeiro desenho a caneta mostrava um enforcado balançando num patíbulo, no qual empoleirava-se um enorme corvo. E a forca era o leitmotiv de pelo menos uns vinte esboços, a lápis, caneta e em aquarela.

A orla de uma floresta, com um enforcado em cada galho de árvore... Mais além, o campanário de uma igreja e, nos dois braços da cruz, sob um galo, um corpo humano pendendo...

Havia enforcados de todo tipo. Alguns, com trajes do século XVI, formavam uma espécie de Pátio dos Milagres, onde todos balançavam alguns pés acima da terra.

Havia um enforcado excêntrico, de cartola, terno e bengala na mão, cujo patíbulo era um bico de gás.

Abaixo de outro desenho, algumas linhas: quatro versos da *Balada dos enforcados*, de Villon.

Datas. Sempre a mesma época! Todas aquelas imagens macabras, feitas dez anos antes, agora lado a lado com charges publicadas em jornais satíricos e desenhos de almanaques, paisagens das Ardenas e cartazes publicitários.

O tema do campanário também voltava. E a igreja inteira! Vista de frente, de perfil, de baixo... O portão, apenas ele. As gárgulas. O adro, com seus seis degraus, que a perspectiva agigantava.

A mesma igreja! E enquanto Maigret ia de uma parede à outra, sentia que Van Damme se agitava, incomodado, espicaçado talvez pela mesma tentação da eclusa de Luzancy.

Quinze minutos escoaram-se dessa forma, até Jef Lombard regressar, com os olhos úmidos e passando a mão na testa coberta por uma mecha de cabelo.

– O senhor me desculpe... – disse. – Minha mulher acaba de dar à luz. Uma menina...

Havia uma pontinha de orgulho em sua voz, porém, enquanto falava, seu olhar corria, angustiado, de Maigret a Van Damme.

– É o meu terceiro filho... Mesmo assim, estou nervoso como na primeira vez! O senhor viu minha sogra, ela teve onze e está soluçando de alegria. Ela foi anunciar a boa-nova para os funcionários. Queria levá-los para verem a pequena...

Seu olhar acompanhou o de Maigret, fixado nos dois enforcados do campanário, e ele ficou mais nervoso, murmurando, num visível constrangimento:

– Pecados da juventude... É tudo muito ruim. Mas na época eu acreditava que ia ser um grande artista.

– É uma igreja de Liège?

Jef não respondeu prontamente. Por fim, disse, meio a contragosto:

— Ela não existe mais, faz sete anos. Foi derrubada para que construíssem uma nova. Não era bonita. Nem sequer tinha um estilo. Mas era muito velha, com alguma coisa de misterioso em suas linhas, nos becos que a rodeavam e que depois foram destruídos.

— Como ela se chamava?

— Igreja de Saint-Pholien. A nova, erguida no mesmo lugar, recebeu o mesmo nome.

Joseph Van Damme agitava-se, como se todos os seus nervos lhe doessem. Uma agitação interior, traduzida em movimentos quase imperceptíveis, um descontrole na respiração, um tremor nos dedos, um vaivém da perna encostada na escrivaninha.

— O senhor era casado nessa época? — indagou Maigret.

Lombard riu.

— Eu tinha dezenove anos! Estudava na Academia. Veja.

Com um olhar nostálgico, apontou para um retrato malfeito, com cores tristes, no qual, ainda assim, graças à irregularidade peculiar de suas feições, era possível reconhecê-lo. O cabelo descia-lhe pela nuca. Usava uma túnica preta, abotoada até o pescoço, rematada por uma gravata esvoaçante.

O quadro era de um romantismo desenfreado, não faltava sequer a caveira ao fundo.

— Se o senhor tivesse me dito que eu iria acabar como fotogravador... — ironizou Jef Lombard.

Parecia tão constrangido com a presença de Van Damme quanto com a de Maigret. Contudo, visivelmente, não sabia como dispensá-los.

Um funcionário veio pedir uma informação sobre um clichê que não estava pronto.

— Mande voltar ao meio-dia!

– Parece que é tarde demais.

– Paciência! Diga que eu tive uma filha...

Uma mistura confusa de alegria, nervosismo, talvez de angústia, traía seus olhos, seus gestos, a palidez de sua pele mosqueada de pequenas manchas de ácido.

– Posso lhes oferecer alguma coisa? Lá em casa...

Os três caminharam ao longo dos corredores emaranhados, transpuseram a porta que a velha abrira antes para Maigret.

Havia janelas azuis no corredor, onde, apesar de bolores imprecisos, talvez umidade vinda do quarto da parturiente, reinava um cheiro de limpeza.

– Os dois meninos estão na casa do meu cunhado. Por aqui...

Abriu a porta da sala de jantar, onde as diminutas vidraças das janelas deixavam passar apenas uma luz avara. Os móveis eram escuros, e apliques de cobre, espalhados aqui e ali, reluziam.

Na parede, um grande retrato de mulher, assinado *Jef*, embora recheado de imperfeições, fazia um esforço manifesto para idealizar a modelo.

Maigret compreendeu que era a esposa, procurou em volta e, como já esperava, topou novamente com enforcados. Os melhores! Os que foram julgados dignos de uma moldura!

– Os senhores naturalmente aceitam um cálice de genebra...

O comissário sentia pesar sobre ele o olhar feroz de Joseph Van Damme, a quem cada detalhe daquela conversa parecia exasperar.

– O senhor disse que conheceu Jean Lecocq d'Arneville...

Ouviam-se passos no andar superior, onde devia ficar o quarto da parturiente.

– Um colega distante... – respondeu Jef Lombard, atento a um vagido.

E erguendo o copo:

— À saúde da minha pequena! E da minha mulher!

Desviou a cabeça bruscamente, esvaziou o cálice de um trago, foi procurar algo inexistente no armário para dissimular a perturbação. O comissário, porém, não deixou de ouvir o romper de um soluço abafado.

— Preciso ir lá em cima... Perdão... Um dia como hoje...

Van Damme e Maigret não haviam trocado uma palavra. Enquanto atravessavam o pátio e passavam rente à fonte, o comissário observava seu companheiro com ironia, perguntando-se o que ele pretendia.

Na rua, porém, Van Damme limitou-se a tocar a aba do chapéu e, com grandes passadas, afastou-se, seguindo para a direita.

Em Liège, os táxis são raros. Maigret, que não conhecia as linhas de bonde, voltou a pé para o Hotel da Ferrovia, onde almoçou e passou os olhos pelos jornais da região.

Às duas horas, adentrava no prédio do jornal *La Meuse*, no momento preciso em que Joseph Van Damme saía de lá. Os dois homens passaram a um metro um do outro, sem se cumprimentar, e o comissário resmungou consigo mesmo:

— Ele continua chegando na frente...

Dirigiu-se a um funcionário e pediu para consultar o acervo do jornal, sendo obrigado a preencher uma ficha e esperar a autorização do administrador.

Alguns detalhes o haviam impressionado: Armand Lecocq d'Arneville soubera que seu irmão deixara Liège aproximadamente na época em que Jef Lombard estava desenhando enforcados com uma obstinação doentia.

E o terno B que o vagabundo de Neuschanz e de Bremen transportava na mala amarela era muito antigo — tinha pelo menos seis anos, dissera o especialista alemão, talvez dez!

Ora, a presença de Joseph Van Damme no *La Meuse* já não dizia tudo ao comissário?

Introduziram-no numa sala com o piso encerado como um rinque de patinação, móveis suntuosos e solenes. O funcionário, com uma corrente de prata atravessada no uniforme, indagou:

– Que ano o senhor deseja consultar?

Maigret já havia notado as enormes pastas de papelão contendo, cada uma delas, os jornais de todo um ano e que estavam dispostas em volta da sala.

– Eu mesmo procuro... – disse.

Reinava um cheiro de encáustica, papel velho e luxo oficial. Sobre a mesa revestida de couro, havia compartimentos destinados a receber os volumes suplementares. Era tudo tão limpo, organizado e austero que o comissário nem sequer tirou o cachimbo do bolso.

Instantes depois, folheava, dia por dia, os jornais do "ano dos enforcados".

Milhares de manchetes desfilavam à sua frente. Algumas lembravam acontecimentos mundiais. Outras diziam respeito a fatos locais: o incêndio de uma loja de departamentos (página inteira por três dias), a cassação de um vereador, o reajuste do preço da passagem de bonde.

Subitamente, rasgos rentes à costura da encadernação. Um jornal – o do dia 15 de fevereiro – fora arrancado.

Maigret precipitou-se para a antessala, foi buscar o funcionário.

– Alguém esteve aqui antes de mim, não é? Foi exatamente esta coleção que ele solicitou, certo?

– Sim... Ele ficou apenas cinco minutos aqui.

– O senhor é de Liège? Lembra-se do que pode ter acontecido nesta data?

– Espere... Dez anos... Foi o ano em que a minha cunhada morreu. Lembrei! A grande cheia! Tivemos inclusive que esperar uma semana para enterrá-la, pois nas ruas próximas ao Meuse só era possível deslocar-se de barco. Basta ver as reportagens. "O rei e a rainha visitam os desabrigados..." Há fotografias. Ei! Está faltando um número! É extraordinário... Preciso avisar o diretor...

Maigret abaixou-se para pegar um pedaço de jornal que havia caído no chão, possivelmente quando Joseph Van Damme arrancava as páginas correspondentes a 15 de fevereiro.

7. Os três

Em Liège existem quatro jornais diários. Maigret levou duas horas para percorrer as redações e, como já esperava, em todas deu pela falta do dia 15 de fevereiro nas coleções.

A vida da cidade tinha seu ponto nevrálgico num quadrilátero de ruas conhecido como o Quadrado, onde se encontravam as lojas de luxo, os grandes restaurantes e as boates.

Era lá que todo mundo se encontrava e, pelo menos em três ocasiões, o comissário percebeu Joseph Van Damme pavoneando-se por ali, de bengala na mão.

Quando voltou ao Hotel da Ferrovia, duas mensagens o esperavam. A primeira era um telegrama de Lucas, a quem, antes de partir, encarregara de certas tarefas.

Cinzas encontradas estufa quarto Louis Jeunet, Rue Roquette, examinadas pelo perito. Ponto. Identificados resíduos cédulas belgas e francesas. Ponto. Quantidade sugere montante alto.

A outra mensagem era uma carta, levada ao hotel por um mensageiro. Fora datilografada no papel não timbrado que as datilógrafas usam para cópias. Dizia:

Senhor comissário,

Tenho a honra de lhe comunicar que me disponho a lhe oferecer esclarecimentos úteis à investigação que o senhor empreende.

Por certas razões, faço questão de manter a prudência e lhe pediria a vênia, se minha proposta for do seu interesse, de encontrá-lo esta noite, por volta das onze horas, no Café de la Bourse, situado atrás do teatro Royal.

Nessa expectativa, reitero, senhor comissário, meus melhores votos.

Sem assinatura. Em contrapartida, fórmulas bastante inesperadas, pela própria banalidade comercial, num bilhete desse tipo: *tenho a honra de lhe comunicar... lhe pediria a vênia... se minha proposta for do seu interesse... nessa expectativa... reitero meus melhores votos...*

Maigret jantou sozinho numa mesa isolada e, quase à sua revelia, constatou que o curso de suas preocupações mudara. Pensava menos em Jean Lecocq d'Arneville, vulgo Louis Jeunet, que se matara em Bremen, num quarto de hotel.

Mas estava obcecado pelas obras de Jef Lombard, por aqueles enforcados pendurados em toda parte, na cruz de uma igreja, nas árvores de um bosque, no prego de uma mansarda, enforcados grotescos ou sinistros, rutilantes ou lívidos, em trajes de todas as épocas.

Às dez e meia da noite, pôs-se a caminho do teatro Royal, e faltavam cinco para as onze quando empurrou a porta do Café de la Bourse, um barzinho tranquilo, com uma clientela cativa, sobretudo jogadores de carteado.

Uma surpresa o aguardava. A um canto, perto do balcão, aboletavam-se três homens: Maurice Belloir, Jef Lombard e Joseph Van Damme.

Houve um momento de hesitação dos dois lados, enquanto o garçom ajudava o comissário a se livrar do sobretudo. Belloir soergueu-se automaticamente para cumprimentá-lo. Van Damme não se mexeu. Lombard, cujo rosto estampava um nervosismo incomum, agitou-se na cadeira, esperando que seus companheiros tomassem uma atitude.

Será que Maigret ia se aproximar deles, estender-lhes a mão, instalar-se à sua mesa? Eram seus conhecidos. Almoçara com o homem de negócios em Bremen. Belloir lhe oferecera um copo de conhaque em sua residência, em Reims. E Jef recebera-o naquela manhã mesmo...

– Boa noite, cavalheiros...

Apertou as mãos com o vigor que sempre imprimia nesse gesto e que, em certas ocasiões, ganhava uma conotação ameaçadora.

– Que coincidência encontrá-los novamente!

Havia um lugar livre ao lado de Van Damme, e ele se acomodou ali, pedindo ao garçom:

– Um chope claro.

Instalou-se então um silêncio denso e constrangedor. Van Damme olhava fixamente para a frente, rilhando os dentes. Jef Lombard continuava indócil, como se roupas apertadas demais o incomodassem nas articulações. Belloir, correto e frio, examinava as unhas e passava um palito de fósforo sob a do indicador, onde entrara uma sujeira.

– A sra. Lombard está passando bem?

Jef olhou em volta, como se em busca de um ponto de apoio, e balbuciou, olhando fixamente para a estufa:

– Muito bem... Obrigado.

Havia um relógio acima do balcão e Maigret contou cinco minutos redondos sem que sequer uma palavra fosse pronunciada. Van Damme deixara o charuto apagar e era o único a permitir que seus traços exprimissem um ódio não dissimulado.

Jef era o mais interessante de se observar. Os acontecimentos do dia sem dúvida haviam contribuído para deixá-lo com os nervos à flor da pele. E não havia um músculo em seu rosto, por ínfimo que fosse, que não vibrasse.

A mesa dos quatro homens era um verdadeiro oásis de silêncio no bar, onde todos se interpelavam aos berros.

– Tenho um rei! – triunfava alguém à direita.

– Bati! – exclamou um sujeito à esquerda. – Gostou?...

– Três chopes! Três... – gritava o garçom.

E tudo vivia e vibrava, exceto a mesa dos quatro, que uma parede invisível parecia isolar.

Jef quebrou o encanto. Mordendo o lábio inferior, levantou-se intempestivamente, resmungando:

– Que se dane!...

Olhou para seus companheiros de forma breve, aguda e dolorosa, pegou o casaco e o chapéu no cabide e alcançou a porta, que abriu bruscamente.

– Aposto que vai explodir em soluços assim que estiver sozinho na rua – disse Maigret pensativamente.

Sentira aquele soluço de raiva e desespero subindo pela garganta do clicherista e empurrando seu pomo de adão.

Voltou-se para Van Damme, que fitava o mármore da mesa, e engoliu metade do chope, enxugando os beiços com o dorso da mão.

Era um clima dez vezes mais denso do que na casa de Reims, onde Maigret já impusera sua presença aos mesmos personagens. E toda a corpulência do comissário contribuía para dar um significado ameaçador àquela presença compulsória.

Ele era alto e largo, principalmente largo, compacto, sólido, e suas roupas negligentes denunciavam o que havia de plebeu em sua estrutura. Um rosto pesado, no qual os olhos eram capazes de conservar uma imobilidade bovina.

Assemelhava-se, nesse sentido, a determinados personagens de pesadelos de crianças, figuras monstruosamente inchadas e sem expressão que avançam para quem dorme como se para esmagá-lo.

Alguma coisa de implacável, de inumano, qual um paquiderme movendo-se rumo a um objetivo do qual nada o desviará.

Bebia, fumava seu cachimbo, olhava com satisfação o ponteiro do relógio avançando tropegamente a cada minuto com seu clique metálico. Um relógio desanimado!

Não parecia preocupado com ninguém e, no entanto, espreitava as menores manifestações de vida à direita e à esquerda.

Foi uma das horas mais extraordinárias de sua carreira. Pois durou quase uma hora! Exatamente cinquenta e dois minutos! Uma guerra de nervos!

Jef Lombard fora sumariamente nocauteado. Mas os outros dois resistiam.

Estava ali, entre eles, como um juiz, porém um juiz que não acusava e cujo pensamento era indevassável. O que ele sabia? Por que viera? Que expectativas teria? Esperava uma palavra, um gesto que viesse esclarecer suas suspeitas? Já havia descoberto toda a verdade ou sua autoconfiança não passava de um blefe?

E que palavras pronunciar? Voltar a falar de coincidências, encontro fortuitos?

O silêncio perdurava. Esperavam sem sequer imaginar o que esperavam. Esperavam e nada acontecia!

O ponteiro do relógio vibrava a cada minuto. Um débil rangido na engrenagem se fez ouvir. No início, ninguém percebeu. Agora, parecia um estrondo. O movimento, inclusive, decompunha-se em três tempos: um primeiro clique; o ponteiro avançando; outro clique, como se para fixá-lo em sua nova posição. E a face do relógio mudava, com o ângulo obtuso tornando-se paulatinamente agudo. Os dois ponteiros iam se juntar.

O garçom lançava olhares perplexos para aquela mesa lúgubre. Maurice Belloir, de tempos em tempos, engolia a saliva e Maigret não precisava vê-lo para ter certeza disso. Ouvia-o viver, respirar, crispar-se, às vezes arrastar as solas do sapato com discrição, como se numa capela.

Os fregueses iam se dispersando. As toalhas vermelhas e os baralhos sumiam das mesas, que mostravam seu mármore lívido. O garçom saiu para puxar os postigos, enquanto a proprietária arrumava as fichas em pequenas pilhas, de acordo com o valor.

— O senhor vai ficar? — perguntou por fim Belloir com uma voz em que mal se reconhecia o timbre.

— E o senhor?

— Eu... não sei...

Então Van Damme bateu com uma moeda na mesa e perguntou ao garçom:

— Quanto?...

— A rodada? Nove francos e setenta e cinco...

Os três estavam de pé, evitando se entreolhar, e o garçom ajudava-os sucessivamente com os casacos.

— Boa noite, cavalheiros...

Do lado de fora, a bruma mal deixava ver a luz dos postes. Todos os postigos estavam fechados. Ao longe, passos reverberaram numa calçada qualquer.

Hesitaram quanto à direção a ser tomada. Nenhum dos três homens assumia a responsabilidade de orientar a retirada. Atrás deles, alguém passou a chave na porta do café e instalou as traves de segurança.

À esquerda, começava um beco margeado de velhos casarios de fachadas desalinhadas.

— Muito bem, senhores — pronunciou-se finalmente Maigret —, só me resta desejar-lhes boa noite.

A mão de Belloir, que ele apertou primeiro, estava fria,

nervosa. A que Van Damme, contrafeito, estendeu-lhe, úmida e mole.

O comissário ergueu a gola do sobretudo, pigarreou e pôs-se a caminhar, sozinho, ao longo da rua deserta. E suas faculdades convergiam para um único fim: perceber o mais ínfimo rumor, o mais tênue frêmito do ar que o advertisse do perigo.

Sua mão direita, no bolso, apertava a coronha de um revólver. Pareceu-lhe que, na rede dos becos que se estendia à esquerda, encravada no centro de Liège feito um recife leproso, pessoas caminhavam precipitadamente, tentando não fazer barulho.

Muito longe ou muito perto, não saberia dizer por causa da cerração que lhe confundia os sentidos, julgou perceber o zumbido de uma conversa em voz baixa.

De repente, esquivou-se para o lado e colou numa porta, enquanto se produzia uma detonação seca e alguém corria desabaladamente no meio da noite.

Maigret então avançou alguns passos, mergulhou o olhar no beco do qual partira o tiro, e tudo que viu foram manchas mais escuras, sem dúvida becos sem saída, e bem ao fundo, a uns duzentos metros, um globo de vidro fosco indicando um ponto de venda de batatas fritas.

Instantes depois, passou em frente à loja, de onde saía uma jovem com um cone de papel regurgitando de fritas douradas. Ela lhe fez um convite sem convicção e se dirigiu a uma rua mais iluminada.

Maigret escrevia calmamente, esmagando a pena no papel com seu poderoso indicador, e de tempos em tempos apertava a cinza quente dentro do cachimbo.

Estava instalado em seu quarto no Hotel da Ferrovia e o relógio luminoso da estação, visível da janela, marcava duas da manhã.

Meu velho Lucas,

Como ninguém sabe o que virá pela frente, passo-lhe em anexo algumas informações que, em caso de necessidade, lhe permitirão dar seguimento à investigação que iniciei.

1. Semana passada, em Bruxelas, um homem malvestido, com aspecto de vagabundo, embrulhou trinta cédulas de mil francos e as expediu para o próprio endereço, à Rue de la Roquette, em Paris. A investigação demonstrará não ter sido a primeira vez que ele remeteu a si mesmo somas igualmente altas, das quais não se servia. Prova disso é que, em seu quarto, encontramos as cinzas de várias cédulas queimadas voluntariamente.

Ele adota o nome de Louis Jeunet e trabalha com certa regularidade numa oficina da mesma rua.

Foi casado (ver sra. Jeunet, herborista, Rue Picpus) e tem um filho. Mas abandonou mulher e filho em circunstâncias perturbadoras, após crises agudas de alcoolismo.

Em Bruxelas, expedido o dinheiro, ele compra uma mala para guardar pertences que mantém num quarto de hotel. Quando está a caminho de Bremen, eu substituo essa mala por outra.

E Jeunet, que parece não haver premeditado o suicídio e leva algo para comer, mata-se ao se dar conta de que teve seus bens roubados.

Trata-se de um velho terno que não lhe pertence e que, tudo indica, foi rasgado durante uma luta anos atrás, ficando empapado de sangue. O terno foi confeccionado em Liège.

Em Bremen, um homem vai ver o cadáver, e ele é um tal Joseph Van Damme, representante comercial, nascido em Liège.

Em Paris, tomo conhecimento de que Louis Jeunet é na realidade Jean Lecocq d'Arneville, nascido em Liège, de quem há tempos não se tem mais notícias. Ele cursou a universidade. Em Liège, onde não aparece há dez anos, nada consta contra ele.

2. Em Reims, na noite imediatamente anterior à sua partida para Bruxelas, Jean Lecocq d'Arneville é visto entrando na casa de Maurice Belloir, vice-diretor de banco, nascido em Liège, que nega o encontro.

Mas os trinta mil francos expedidos de Bruxelas provêm desse mesmo Belloir.

Na casa dele, encontro: Van Damme, que chegara de avião de Bremen; Jef Lombard, dono de uma clicheria em Liège; e Gaston Janin, nascido igualmente nessa cidade.

Quando volto a Paris na companhia de Van Damme, este tenta me empurrar no Marne.

E dou de cara com ele em Liège, na casa de Jef Lombard. Este, há cerca de dez anos, dedicava-se à pintura, e as paredes de sua residência são cobertas de desenhos dessa época, representando enforcados.

Nas redações dos jornais para onde me dirijo, os exemplares de 15 de fevereiro do ano dos enforcados foram arrancados por Van Damme.

À noite, uma carta anônima me promete revelações definitivas se eu for até um bar da cidade. Lá, encontro não um homem, mas três: Belloir (procedente de Reims), Van Damme e Jef Lombard.

Recebem-me constrangidos. Tenho a convicção de que é um dos três que está decidido a falar. Os outros parecem ali estar exclusivamente para impedi-lo.

Jef Lombard, transtornado, sai de modo abrupto. Permaneço com os outros dois. Despeço-me deles depois da meia-noite, em meio à cerração, e logo em seguida sou alvo de um disparo.

Concluo que um dos três quis falar e, por outro lado, que um dos três tentou me eliminar.

Como, evidentemente, esse último gesto constituía uma confissão, não resta a seu autor senão o expediente de recomeçar e, dessa vez, não errar.

Mas quem é ele? Belloir, Van Damme, Jef Lombard?

Saberei quando ele voltar à carga. Como pode acontecer um

acidente, envio-lhe estas anotações aleatórias, que lhe permitirão retraçar a investigação desde o início.

Quanto ao lado moral do caso, ver em particular a sra. Jeunet e Armand Lecocq d'Arneville, irmão do morto.

Agora vou me deitar. Minhas saudações a todos aí.

Maigret

A névoa se dissipara, depositando pérolas de orvalho nas árvores e em cada tufo de relva da Square d'Avroy, que Maigret atravessava.

Um sol tímido brilhava no céu azul-claro e a geada, de minuto em minuto, transformava-se em gotículas d'água, que, cristalinas, estouravam no cascalho.

Eram oito da manhã quando o comissário percorreu o Quadrado ainda deserto, onde os painéis publicitários dos cinemas achavam-se encostados nos guichês fechados.

Maigret parou diante de uma caixa de correio, deixou ali sua carta para o inspetor Lucas e olhou em volta com uma ponta de emoção.

Naquela mesma cidade, naquele exato momento, naquelas ruas fustigadas pelo mormaço, um homem pensava nele, e esse homem não tinha outra chance de salvação a não ser matá-lo. Sobre o comissário, levava a vantagem de conhecer o terreno, como provara à noite ao embrenhar-se por becos inextricáveis.

E também conhecia Maigret, talvez o tivesse em seu campo de visão naquele instante, ao passo que o comissário ignorava sua identidade.

Seria Jef Lombard? O perigo estaria na velha casa da Rue Hors-Château, onde uma parturiente dormia no primeiro andar, sob os cuidados de uma valorosa ajudante, enquanto funcionários indiferentes iam de uma tina de ácido a outra, assediados pelos contínuos dos jornais?

Joseph Van Damme, carrancudo e intratável, audacioso, intrigante, não espreitaria o comissário num local *onde sabia que ele terminaria por ir*?

Se desde Bremen ele previra tudo! Três linhas nos jornais alemães e ele acorrera ao necrotério! Um almoço com Maigret, e chegara a Reims antes do policial!

E se antecipara na Rue Hors-Château! Precedia o investigador nas redações dos jornais!

Por fim, estava no Café de la Bourse!

Verdade que nada provava não ser ele quem estava decidido a falar. Mas nada provava o contrário!

Talvez tivesse sido Belloir, frio, preciso, com sua empáfia de grande burguês da província, que atirara em meio à cerração. Talvez fosse a ele que não restava alternativa a não ser liquidar Maigret!

Ou Gaston Janin, o escultorzinho de cavanhaque! Ele não se encontrava no Café de la Bourse, mas podia estar de tocaia na rua!

Qual a relação de tudo isso com um enforcado balançando na cruz de uma igreja? Com uma profusão de enforcados? Com florestas cujas árvores não carregavam outros frutos senão enforcados? Com um velho terno manchado de sangue e puído nas lapelas por unhas furiosas?

Datilógrafas a caminho do trabalho. Uma varredora de rua municipal avançava lentamente com seu duplo aguador mecânico e uma espécie de rodo, empurrando o lixo para a sarjeta.

Nas esquinas, agentes municipais de capacetes brancos orientavam o trânsito com os braços metidos em luvas fosforescentes.

– O comissariado central? – perguntou Maigret.

Apontaram-lhe o caminho. Quando chegou, as faxineiras ainda faziam a limpeza, mas um secretário afável recebeu o colega e, quando o comissário pediu para ver os boletins de ocorrência de dez anos antes, esclarecendo ser o mês de fevereiro que o interessava, exclamou:

— O senhor é o segundo em vinte e quatro horas! Trata-se de saber se uma tal de Joséphine Bollant cometeu mesmo um furto doméstico nessa época, certo?

— Alguém esteve aqui?

— Ontem, às cinco da tarde. Um sujeito de Liège que fez uma bela carreira no estrangeiro, apesar de ainda ser bem jovem. Seu pai era médico. Quanto a ele, tem um próspero negócio na Alemanha.

— Joseph Van Damme?...

— Precisamente! Mas ele pesquisou em vão, pois não encontrou o que procurava.

— Pode me mostrar?

Era uma pasta verde, na qual os boletins de ocorrência estavam encadernados e numerados em ordem. Nada em 15 de fevereiro: das cinco ocorrências, duas eram por embriaguez e briga, uma por assalto a uma loja, uma por lesões corporais e a última por arrombamento e furto de coelhos.

Maigret ignorou-as. Verificava os números apostos no cabeçalho das folhas.

— Foi o próprio sr. Van Damme quem fez a pesquisa?

— Foi. Ele se instalou na sala ao lado...

— Obrigado!

Os cinco boletins estavam numerados: 237, 238, 239, 241 e 242.

Ou seja, faltava um, que havia sido arrancado, da mesma forma que os jornais haviam sido arrancados das coleções: o 240.

Minutos depois Maigret viu-se na praça situada atrás da prefeitura, pela qual passava um cortejo de casamento. Involuntariamente, às voltas com uma angústia que ele não apreciava, sua atenção se voltava para os ruídos mais insignificantes.

8. O pequeno Klein

Foi por um triz! Eram nove da manhã. Os funcionários chegavam à prefeitura e atravessavam o pátio, detendo-se por um instante para apertarem-se as mãos numa bela escadaria de pedra, em cujo topo um zelador bem escanhoado, com um quepe agaloado na cabeça, fumava seu cachimbo.

Era um cachimbo de espuma do mar. Maigret percebeu esse detalhe por acaso, ou porque o sol da manhã incidia sobre ele, já chamuscado, ou porque, por um instante, invejou o homem, que dava pequenas e voluptuosas baforadas e ali estava como um símbolo da paz e da alegria de viver.

Naquela manhã a atmosfera mostrava-se vibrante, o que se intensificava à medida que o sol avançava no céu. E havia uma cacofonia saborosa, gritos em dialeto valão, o rude tilintar dos bondes amarelo e vermelho, o quádruplo repuxo de uma fonte monumental, encimada pela escadaria típica, o qual tentava encobrir o alarido do mercado próximo.

Ora, ao longo da escada de dois lances, Maigret viu passar Joseph Van Damme, o qual adentrou no saguão.

O comissário lançou-se atrás dele. No interior, as escadas

repetiam o esquema de dois lances juntando-se a cada andar. Num deles, os dois homens viram-se cara a cara, arfantes, tentando fingir naturalidade para um vigilante fardado.

Foi breve e intenso. Uma questão de precisão, de fração de segundo.

Enquanto subia a escada, Maigret ruminou que Van Damme só estava ali, tal como estivera nos jornais e no comissariado central, para fazer desaparecer alguma coisa. Um boletim de ocorrência de 15 de fevereiro já fora rasgado.

Contudo, não era norma, na maioria das cidades, a polícia remeter, todas as manhãs, uma cópia das ocorrências do dia ao prefeito?

– Eu gostaria de ver o secretário municipal – solicitou Maigret, a dois metros de Van Damme. – É urgente...

Seus olhares se cruzaram. Ameaçaram cumprimentar-se, não o fizeram, e o homem de Bremen, agora interpelado pelo guarda, limitou-se a murmurar:

– Nada... Volto depois.

E foi embora. O rumor de seus passos morreu no saguão. Pouco depois, Maigret era introduzido num gabinete suntuoso, onde o secretário, desconfortável em seu uniforme de colarinho alto, deu-se ao trabalho de localizar os boletins de ocorrência de dez anos antes.

Atmosfera tépida, tapetes macios. Um raio de sol fazia brilhar o crucifixo de um bispo num quadro histórico que ocupava todo um lanço de parede.

Após meia hora de buscas e trocas de amabilidades, Maigret encontrava a menção ao furto de coelhos, ao incidente da bebedeira, ao assalto à loja. E, entre duas ocorrências, as seguintes linhas:

O policial Lagasse, da 6ª Divisão, ao dirigir-se esta manhã às seis horas à ponte dos Arcos para lá assumir seu posto, ao passar pela entrada da igreja Saint-Pholien, percebeu um corpo enforcado na aldrava da porta.

O médico, chamado com urgência, não pôde senão constatar a morte do indivíduo, um certo Émile Klein, nascido em Angleur, 20 anos, pintor de paredes, residente à Rue du Pot-au-Noir.

Klein se enforcou, possivelmente no meio da noite, com um cordão de persiana. Em seus bolsos, foram encontrados apenas objetos sem valor e dinheiro miúdo.

O inquérito concluiu que ele estava desempregado fazia três meses e a indigência parece ter lhe inspirado o gesto.

Sua mãe, a viúva Klein, que mora em Angleur e vive de modesta pensão, foi avisada.

Seguiram-se horas tensas. Maigret atacou a nova pista. Não obstante, um tanto irrefletidamente, procurava menos informações sobre aquele Klein do que um encontro com Van Damme.

Só então, quando voltasse a ter o homem de negócios à sua frente, se aproximaria da verdade. Aquilo não começara em Bremen? E desde então, a cada ponto que marcava, o comissário não topava com Van Damme?

Este o vira na prefeitura, sabia que ele lera o relatório, que estava na pista Klein.

Em Angleur, nada! O comissário pegara um táxi e se embrenhara numa região industrial, onde pequenas habitações operárias, umas iguais às outras, de um mesmo cinza-sebo, formavam ruas pobres ao pé das chaminés das fábricas.

Uma mulher lavava a soleira de uma dessas casas, na qual morara a sra. Klein.

– Já faz cinco anos que ela morreu...

A figura de Van Damme não fora vista por ali.

– O filho não morava com ela?

– Não! E ele terminou mal... Destruiu-se na porta de uma igreja...

E foi tudo. Maigret soube apenas que o pai de Klein era contramestre numa mina de carvão e que, após sua morte, a viúva sobrevivera com uma pequena pensão, ocupando apenas a água-furtada na casa que ela sublocava.

– Para a 6ª Divisão de Polícia – ordenou ao motorista.

O agente Lagasse, embora ainda vivo, não se lembrava direito.

– Tinha chovido a noite inteira. Ele estava ensopado, com o cabelo ruivo grudado no rosto.

– Era alto? Baixo?

– Mais para baixo...

O comissário dirigiu-se então à sede da polícia montada e passou cerca de uma hora nos escritórios, que cheiravam a couro e suor de cavalo.

– Se ele tinha vinte anos na época, deve ter passado pelo conselho revisional... O senhor disse Klein, com K?

Encontraram a folha 13 no dossiê dos reformados. Maigret copiou algumas medidas: *altura* 1,55 metro, *circunferência do peito* 80 cm... E a observação *pulmões fracos*.

Enquanto isso, nem sinal de Van Damme. Tinha de procurar em outros lugares. O único resultado do corre-corre da manhã era a certeza de que o terno B jamais pertencera ao enforcado de Saint-Pholien, que não passava de um pé-rapado.

Klein se suicidara. Não houvera luta, nem sequer uma gota de sangue derramada.

Então, que relação haveria entre a mala do vagabundo de Bremen e o gesto de Lecocq d'Arneville, aliás, Louis Jeunet?

– Deixe-me aqui... É só me dizer onde fica a Rue du Pot-au-Noir.

– Atrás da igreja. A que sai no cais Sainte-Barbe.

Ao chegar em frente à igreja de Saint-Pholien, Maigret pagou o táxi. Agora observava a igreja nova erigida no centro de uma vasta esplanada.

À direita e à esquerda, abriam-se bulevares, margeados por prédios que tinham aproximadamente a mesma idade da igreja. Atrás dela, porém, subsistia um velho quarteirão, que havia sido reformado durante a reconstrução do templo.

Na vitrine de uma papelaria, Maigret deparou com cartões-postais da antiga igreja, mais baixa, atarracada e toda preta. Uma ala estava escorada por andaimes. De três lados, casas baixas, sórdidas, recostavam-se nos muros, conferindo um aspecto medieval ao conjunto.

Desse Pátio dos Milagres, restava apenas um bloco irregular, perfurado por vielas e becos, onde reinava um cheiro enjoativo de pobreza.

A Rue du Pot-au-Noir não tinha nem dois metros de largura e no centro dela corria um rio de água espumante, enquanto meninos brincavam nas soleiras das portas, atrás das quais a vida fervilhava.

Apesar do sol que brilhava no céu, estava escuro, pois sua luz não penetrava no beco. Na rua, onde haviam acendido uma fornalha, um funileiro reforçava alguns tonéis com aros de metal.

Os números das casas estavam apagados. O comissário foi obrigado a se informar. Quando perguntou pela 7, apontaram-lhe um beco, de onde vinham ruídos de serra e plaina.

Bem ao fundo, havia uma marcenaria, bancadas de carpinteiro, três homens trabalhando com todas as portas abertas, cola derretendo num fogão.

Um dos homens ergueu a cabeça, jogou fora uma ponta de cigarro acesa e esperou o estranho falar.

– É aqui que morava um sujeito chamado Klein?

O homem olhou para seus companheiros com ar cúmplice, apontou o dedo para uma porta, uma escada escura, e grunhiu:

– Lá em cima! Já tem gente lá!

– Um novo inquilino?

Um sorriso estranho, que só depois o comissário viria a entender, foi a resposta.

– Vá lá ver... No primeiro andar. Não tem como se enganar: é a única porta.

Um operário riu silenciosamente, manejando sua plaina. Maigret subiu a escada, onde a escuridão era completa. Depois de alguns degraus, não havia mais corrimão.

Riscou um fósforo, viu no topo uma porta sem fechadura nem maçaneta, que deviam prender com um barbante num prego enferrujado.

Com a mão no bolso sobre o revólver, empurrou a porta com o joelho, ofuscando-se diante da luz, filtrada por uma claraboia da qual um terço dos vidros estava quebrado.

O espetáculo foi tão inesperado que Maigret ficou por um instante olhando em volta sem discernir os detalhes. Por fim, a um canto, percebeu uma silhueta, um homem recostado na parede que lhe dirigia um olhar feroz: Joseph Van Damme.

– Tínhamos que terminar aqui, não é mesmo? – disse o comissário.

Ao cair naquela atmosfera por demais crua e vazia, sua voz teve ressonâncias surpreendentes.

Imóvel, Van Damme não respondeu, cravando-lhe os olhos com animosidade.

Para entender a arquitetura do local, seria necessário saber de que construção, convento, caserna ou palacete, aquelas paredes haviam feito parte.

Nenhuma delas era reta. E, enquanto metade do piso era

forrada por um assoalho de madeira, a outra era calçada com lajotas desiguais, como numa velha capela.

As paredes estavam rebocadas com cal, salvo um retângulo de tijolos marrons que devia vedar uma antiga janela. Pela claraboia, entreviam-se uma empena, uma calha, bem como, em segundo plano, do lado do Meuse, telhados desiguais.

Isso, porém, era o menos inesperado. O mais estranho era a configuração do espaço, de um contrassenso que beirava a loucura, ou uma grande farsa.

No chão, espalhados, cadeiras novas, inacabadas, uma porta deitada ao comprido, com um painel consertado, potes de cola, serrotes quebrados e caixotes dos quais saíam palha ou aparas de madeira.

Em contrapartida, a um canto, havia uma espécie de divã, ou melhor, um estrado com molas, parcialmente coberto por um trapo de seda estampada. E logo acima dele pendia uma lamparina bizarra, com vidros coloridos, como essas às vezes encontradas nos bricabraques.

Sobre o divã, largados, pedaços desmembrados de um esqueleto incompleto, como os usados por estudantes de medicina. As vértebras e a bacia ainda resistiam, por meio de ganchos, inclinando-se para a frente, numa pose de boneca de pano.

E as paredes! As paredes brancas, enxameadas de desenhos, havia até afrescos!

Aquilo formava o caos mais aberrante: rostos contorcidos em esgares; inscrições como: *Viva Satanás, avô do mundo!*

No chão, uma Bíblia com a lombada rachada! Espalhados, desenhos amassados, papéis amarelecidos, cobertos por grossa camada de poeira.

Uma inscrição ainda, em cima da porta: *Boas-vindas aos malditos!*

E, no centro dessa mixórdia, as cadeiras inacabadas cheirando a marcenaria, os potes de cola, as tábuas de pinheiro maciço! Uma estufa derrubada no chão, vermelha de ferrugem!

Por fim, Joseph Van Damme, com seu sobretudo bem cortado, rosto escanhoado, sapato impecável, Van Damme, que, apesar de tudo, continuava o homem dos grandes restaurantes de Bremen, do escritório moderno num prédio comercial, dos jantares finos, dos cálices de armanhaque envelhecido...

... Van Damme, que dirigia seu automóvel cumprimentando os notáveis, explicando que o transeunte de casaco de pele era milionário, que aquele outro possuía trinta cargueiros no mar, e que um pouco mais tarde, ao som de músicas vazias e sob o estrépito de copos e pires, iria apertar as mãos de todos aqueles magnatas dos quais se sentia um igual...

... Van Damme, que agora lembrava um animal acuado, imóvel, sempre encostado na parede, cujo estuque embranquecia seu ombro, uma das mãos no bolso do sobretudo, olhar insolente cravado em Maigret.

– Quanto?...

Teria mesmo falado? O comissário, naquela atmosfera inverossímil, não teria sido vítima de uma ilusão?

Ele estremeceu e derrubou uma cadeira sem fundo, fazendo um estardalhaço.

Embora corado, Van Damme já não transbordava saúde. Em sua fisionomia hipertensa e em seu olhar, no qual ele concentrava suas últimas forças, havia um misto de pânico, ou desespero, e raiva, ao lado da vontade de viver, de triunfar a qualquer preço.

– Não entendi.

Maigret aproximou-se de um monte de desenhos amassados que haviam varrido para um canto, sob a claraboia. Antes de perceber a resposta, teve tempo de expor no chão alguns estudos de nu: uma moça de feições vulgares, cabelo desalinhado, corpo opulento, bem torneado, seios fartos, cadeiras largas...

— Ainda temos tempo — insistia, enquanto isso, Van Damme. — Cinquenta mil? Cem?

O comissário observou-o com curiosidade e o outro, num arroubo, lançou:

— Duzentos mil!...

O medo palpitava no ar, entre as paredes irregulares do antro. E ele tinha alguma coisa de ácido, enfermiço, mórbido.

Talvez houvesse outra coisa além do medo: uma tentação recalcada, uma vertigem de assassinato...

Maigret, no entanto, continuava a desamassar os papéis velhos, a encontrar, em outras imagens, a mesma moça opulenta que, ao montar a pose, devia olhar para o vazio com um semblante contrafeito.

Em certa ocasião, o artista tentara embrulhá-la na seda estampada que cobria o divã... Em outra, representara-a de meia preta...

Atrás dela, havia uma caveira, que agora jazia ao pé do estrado. E Maigret se lembrou de ter visto a cabeça macabra num retrato de Jef Lombard.

Uma ligação se esboçava, ainda confusa, entre as pessoas, entre os fatos, através do espaço e do tempo. O comissário deixou à mostra, com um gesto meio nervoso, um novo desenho a carvão representando um rapaz de cabelo comprido, a gola da camisa aberta no peito, o queixo enfeitado por uma barba incipiente.

Ele também fazia uma pose romântica. Sua cabeça estava de perfil e parecia vislumbrar o futuro como uma águia mirando o sol.

Era Jean Lecocq d'Arneville, o suicida da pensão sórdida de Bremen, o vagabundo que não comera seus pãezinhos.

— Duzentos mil francos!...

E, traindo o homem de negócios que pensa nos mínimos detalhes e nas flutuações do câmbio, a voz acrescentou:

— ... francos franceses!... Ouça, comissário...

Maigret pressentia que a ameaça ia suceder à súplica, que o pavor que vibrava na voz não demoraria a se transformar num rugido raivoso.

— Ainda temos tempo... Nenhuma ação oficial foi impetrada... Estamos na Bélgica...

Restava um toco de vela na lamparina e, sob os papéis acumulados no assoalho, o comissário descobriu um velho fogareiro a querosene.

— O senhor não está em missão oficial. Em todo caso... Peço-lhe um mês.

— *Quer dizer que a coisa aconteceu em dezembro...*

Seu interlocutor pareceu grudar mais na parede, gaguejando:

— Como assim?...

— Estamos em novembro. Em fevereiro, o enforcamento de Klein completará dez anos. E o senhor me pede apenas um mês...

— Não entendo...

— Claro que sim!

Era enlouquecedor ver Maigret ainda remexendo nos velhos papéis com a mão esquerda — e os papéis farfalhavam ao se tocarem! —, enquanto a direita permanecia enfiada no bolso do sobretudo.

— Entendeu muito bem, sr. Van Damme! Caso se tratasse da morte de Klein, se, por exemplo, ele tivesse sido assassinado, o crime prescreveria em fevereiro, ou seja, depois de dez anos. E o senhor me pede apenas um mês. Logo, foi em dezembro que *a coisa* aconteceu...

— O senhor não irá descobrir nada...

A voz tremia como um disco arranhado.

– Então por que está com medo?

Ergueu o estrado de molas do divã, sob o qual não havia senão poeira e uma casca de pão mofado, esverdeada, quase inidentificável.

– Duzentos mil francos... Poderíamos deixar acertado para que na sequência...

– Quer levar uma bofetada?

A pergunta foi tão brutal e inesperada que por um instante Van Damme perdeu a pose e, fazendo um gesto para se proteger, sacou involuntariamente o revólver que sua mão enfiada no bolso apertava.

Ao se dar conta disso, foi por alguns segundos tomado pela vertigem e, provavelmente, cogitou atirar.

– Largue essa coisa!

Os dedos se abriram. O revólver caiu no chão, perto de um monte de aparas de madeira.

Maigret voltou as costas para o inimigo e continuou a examinar aquela estarrecedora babel. Pegou uma meia masculina amarelada e manchada.

– Ei, Van Damme...

Voltou-se, pois farejara algo de anormal no silêncio. Viu o homem passar a mão no rosto, onde seus dedos deixaram um sulco molhado.

– Está chorando?

– Eu?

Esse *eu* era agressivo, sardônico, desesperado.

– Em que arma você serviu o Exército?

O outro não entendeu. Estava disposto a se agarrar a qualquer arremedo de esperança.

– Eu estive na ESLR... A escola dos subtenentes da reserva, em Beverloo...

– Infantaria?

– Cavalaria.

— Em outras palavras, o senhor media então entre um metro e sessenta e cinco e um metro e setenta... E não pesava setenta quilos. Foi só mais tarde que ganhou barriga...

Maigret empurrou uma cadeira, na qual esbarrara, recolheu outro pedaço de papel, aparentemente um fragmento de carta, que continha apenas uma linha: *Caríssimo amigo...*

Mas não tirava os olhos de Van Damme, o qual ainda tentava entender, até que subitamente exclamou, transtornado, desfigurado:

— Não fui eu! Juro que nunca usei aquele terno!

Com o pé, Maigret fez o revólver do homem deslizar até a outra ponta do recinto.

Por que, nesse instante, refez a conta das crianças? Um menino na casa de Belloir! Três crianças na Rue Hors-Château, onde a recém-nascida ainda não abrira os olhos! E o filho do falso Louis Jeunet!

No chão, via-se a bela moça nua contorcer-se toda num croqui não assinado.

Ouviram-se passos hesitantes na escada. Uma mão roçou na porta, procurando o barbante que servia de ferrolho.

9. Os Companheiros do Apocalipse

Nas cenas que seguiram, tudo se revestiu de importância, as palavras, os silêncios, os olhares e até os espasmos involuntários dos músculos. Tudo ganhou sentido e, por trás dos personagens, pressentia-se alguma coisa lívida, o vulto imaterial do medo.

A porta se abriu. Maurice Belloir apareceu e seu primeiro olhar foi para Van Damme, grudado na parede, a um canto, depois para o revólver no chão.

Era muita coisa para entender ao mesmo tempo. Sobretudo quando logo em seguida se via Maigret, calmo, cachimbo na boca, continuando a vasculhar as velhas ilustrações.

– Lombard está para chegar! – exclamou Belloir, sem que fosse possível saber se falava ao comissário ou a Van Damme. – Aluguei um carro...

E só por essas palavras Maigret percebeu que o vice-diretor do banco acabava de jogar a toalha. Era quase imperceptível. Feições menos tensas. Entonação cansada, envergonhada.

Eram três entreolhando-se. Joseph Van Damme começou:

– O que é que ele...?

– Parece que enlouqueceu. Tentei acalmá-lo. Mas ele me escapou... Saiu falando sozinho, gesticulando...

– Armado? – indagou Maigret.

– Armado...

Maurice Belloir espreitava, com o semblante sofrido do exaltado que tenta em vão se controlar.

– Vocês dois estavam na Rue Hors-Château? Aguardavam o resultado da minha entrevista com...

Com o dedo, apontou Van Damme, enquanto Belloir assentia com a cabeça.

– E os três concordaram em me oferecer...?

Não havia necessidade de terminar as frases. Compreendia-se tudo por insinuações... Inclusive os silêncios, pois os pensamentos pareciam audíveis.

Subitamente, passos precipitados na escada. Alguém tropeçou, levou um tombo, rosnou de raiva. No instante seguinte, a porta era aberta com um pontapé e o umbral emoldurou Jef Lombard, que permaneceu por um momento imóvel, observando os três homens com suas retinas apavorantes de tanta fixidez.

Tremia. Estava às voltas com o delírio, talvez uma espécie de demência.

Tudo devia dançar à sua frente, o vulto de Belloir afastando-se dele, o rosto congestionado de Van Damme, por fim Maigret com seus ombros largos, que não esboçava um movimento, prendendo a respiração.

E, como cenário, todo aquele bricabraque estarrecedor, os desenhos espalhados, a moça nua da qual não se viam senão os seios e o queixo, a lamparina, o divã destroçado...

Era só por frações de segundo que a cena podia ser avaliada. Na ponta de seu braço comprido, Jef empunhava um revólver com tambor.

Maigret observava-o calmamente. Nem por isso um suspiro deixou de encher-lhe o peito quando Jef Lombard largou a arma no chão, agarrou a cabeça com as mãos, explodiu em soluços roucos e gemeu:

– Eu não consigo! Não consigo! Ouviram?... Que se dane!

Então apoiou os braços na parede, enquanto seus ombros vibravam e se ouvia o seu fungar.

O comissário foi fechar a porta, pois o barulho do serrote e da plaina começava a incomodar, bem como uma distante algaravia de crianças.

Jef Lombard enxugou o rosto com seu lenço, jogou o cabelo para trás e olhou em volta com os olhos vazios de quem sofreu uma crise nervosa.

Não estava nada tranquilo. Seus dedos crispavam-se. As narinas fremiam. Quando tentou falar, foi obrigado a morder os lábios para conter um novo soluço.

– ... Para acabar assim!... – disse, com uma voz que a ironia deixava neutra, mordaz.

Quis rir, um riso desesperado.

– Nove anos! Quase dez! Fiquei sozinho, sem um centavo, desempregado...

Falava consigo mesmo e sem dúvida não se dava conta de que olhava com dureza para o despudorado estudo de nus.

– Dez anos de esforços todos os dias, de decepções, dificuldades de todos os tipos! E mesmo assim arranjei uma mulher... Quis filhos... Lutei feito um animal para lhes dar uma vida... Uma casa... A clicheria... E o diabo a quatro! O senhor viu. Mas o que o senhor não viu foi o esforço que fiz para construir tudo isso. Os desânimos... As letras de câmbio que no início me tiraram o sono...

Engoliu a saliva, passou a mão na testa. Seu pomo de adão subia e descia.

— E pronto! Acabo de ter uma filhinha... Pergunto-me se cheguei a vê-la... Minha mulher, que está de cama, não compreende, olha apavorada para mim porque não me reconhece mais. Os operários me perguntam e não sei o que responder...

"É o fim! Em poucos dias, num piscar de olhos! Sabotado, destruído, quebrado, pulverizado! Tudo! Um trabalho de dez anos...

"E isso porque..."

Cerrou os punhos, olhou para a arma no chão, depois para Maigret. Estava extenuado.

— Vamos terminar com isso — disse, soltando um suspiro com um gesto cansado. — Quem vai falar? É tão estúpido...

E essas palavras pareciam dirigir-se à caveira, ao monte de esboços velhos, aos desenhos insensatos das paredes.

— É tão estúpido... — repetiu.

Parecia prestes a cair novamente no choro. Mas não! Seus nervos estavam drenados. A crise passara. Foi sentar-se na beirada do sofá, descansou os cotovelos nos joelhos pontudos, o queixo nas mãos e assim permaneceu, à espera.

Só se mexeu para, com as unhas, raspar uma mancha de lama na bainha da calça.

— Atrapalho alguma coisa?

A voz era alegre. O marceneiro, coberto de serragem, entrou, olhou as paredes decoradas com os desenhos e desatou a rir.

— Então voltaram para ver tudo isso?...

Ninguém se mexia. Belloir era o único a procurar manter um ar de naturalidade.

— Lembram que ainda me devem os vinte francos do último mês? Ah! Não estou aqui para cobrar. Na verdade, até acho graça, porque, quando os senhores foram embora e deixaram todas essas velharias, recordo que disseram:

"Pode ser que um único desenho desses venha a valer o mesmo que o seu barraco...

"Eu não acreditava nisso... Mesmo assim, hesitei em pintar as paredes. Um dia eu trouxe um emoldurador que vende quadros e ele levou dois ou três desenhos. Me pagou uma mixaria por eles. Continuam no ramo da pintura?"

Finalmente ele pressentiu alguma coisa de anormal. Joseph Van Damme não desgrudava os olhos do chão. Belloir estalava os dedos, impaciente.

– O senhor não está estabelecido na Rue Hors-Château? – perguntou ainda o marceneiro a Jef. – Tenho um sobrinho que trabalhou na sua firma. Um alto, louro...

– É possível – suspirou Lombard, virando a cabeça.

– O senhor, não estou reconhecendo... Também pertencia ao bando?

Era a Maigret, agora, que o proprietário dirigia a palavra.

– Não.

– Sujeitos esquisitos! Minha mulher não queria que eu alugasse, depois me aconselhou a despejá-los, ainda mais porque não pagavam em dia. Mas a coisa me divertia... O negócio deles era chafurdar na lama e encher a cara. E passavam as noites cantando estribilhos e bebendo. Às vezes vinham mulheres bonitas... A propósito, sr. Lombard, aquela ali no chão, sabe o que aconteceu com ela?

"Casou com um fiscal do Grand Bazar e mora a duzentos metros daqui. Tem um filho na escola junto com o meu..."

Lombard levantou-se, foi até a sacada envidraçada e voltou, tão agitado que o homem decidiu bater em retirada.

– Estou sendo inoportuno, talvez? Já estou de saída... De toda forma, caso se interessem por alguma coisa... Claro que nunca me passou pela cabeça confiscar seus rabiscos por causa dos vinte francos. Só peguei uma paisagem para a minha sala de jantar...

No corredor, fez menção de continuar o falatório. Mas foi chamado no rés do chão.

— Alguém para o senhor, patrão!

— Até já, senhores. Foi um prazer...

A voz perdeu força, pois a porta fora fechada. Enquanto ele falava, Maigret acendera um cachimbo. De toda forma, o falatório do marceneiro relaxara um pouco o ambiente. E quando o comissário tomou a palavra, apontando para os dizeres que cercavam o desenho mais absconso na parede, Maurice Belloir respondeu com uma voz quase natural.

Os dizeres eram: *Os Companheiros do Apocalipse*.

— Era o nome do grupo de vocês?

— Sim... Vou explicar. Tarde demais, não é? Sinto pena é das nossas mulheres, dos nossos filhos...

Mas Jef Lombard interveio.

— Peço a palavra... Por favor...

E pôs-se a andar de um lado a outro do recinto, colhendo com o olhar, em determinados momentos, este ou aquele objeto, como se para ilustrar sua narrativa.

— Há pouco mais de dez anos, eu estudava na Academia de Pintura. Usava um chapelão, uma gravata esvoaçante. Éramos eu e mais dois: Gaston Janin, que fazia esculturas, e o pequeno Klein. Achávamos o máximo desfilar pelo Quadrado... Éramos artistas, certo? Todos se atribuíam, no mínimo, o futuro de um Rembrandt.

"Aconteceu de maneira estúpida... Líamos muito, sobretudo autores do período romântico. Nos exaltávamos... Durante uma semana, só jurávamos por determinado escritor. Depois o renegávamos para adotar outro.

"O pequeno Klein, cuja mãe morava em Angleur, alugou este ateliê onde estamos, e adquirimos o hábito de nos reunir aqui. A atmosfera, sobretudo nas noites de inverno, nos impressionava pelo que tinha de medieval. Entoávamos velhas canções, recitávamos Villon...

"Já não sei mais quem descobriu o Apocalipse e cismou de nos ler capítulos inteiros dele.

"Uma noite, conhecemos uma turma de estudantes: Belloir, Lecocq d'Arneville, Van Damme e um certo Mortier, judeu, cujo pai possui um negócio de salames e linguiças não longe daqui.

"Bebemos. Trouxemos os rapazes para o ateliê. O mais velho não tinha mais que vinte e dois anos...

"Era você, Van Damme, lembra-se?"

Falar fazia-lhe bem. Seu passo tornou-se menos espasmódico e a voz menos fanhosa, embora o rosto continuasse com riscas vermelhas e os lábios inchados, resultado do acesso de choro.

– Acho que a ideia foi minha... Criar uma sociedade, uma agremiação! Eu tinha lido algumas descrições de sociedades secretas que existiam no século passado nas universidades alemãs. Um clube que reunisse Arte e Ciência!

Não pôde abster-se de rir, observando as paredes.

– Estávamos entupidos de palavras! Elas nos enchiam de orgulho... De um lado, três medíocres, Klein, Janin e eu. A Arte. De outro, os estudantes. Bebemos... Bebíamos muito! Bebíamos para nos exaltar ainda mais. Modulávamos a iluminação a fim de tornar a atmosfera misteriosa...

"Deitávamos aqui, veja. Alguns no divã, os demais no chão. Fumávamos cachimbos e mais cachimbos. O ar ficava congestionado.

"Então cantávamos refrões. Quase sempre alguém passava mal e ia se aliviar no pátio.

"Isso acontecia às duas, às três da manhã! Delirávamos... Estimulados pelo vinho, um vinho barato que nos revirava o estômago, nos lançávamos no domínio da metafísica.

"Lembro do pequeno Klein... Era o mais nervoso, o mais frágil. Sua mãe era pobre e ele vivia de vento, deixando de comer para beber.

"Porque, quando bebíamos, sentíamo-nos, todos, autênticos gênios!

"O grupo dos estudantes era um pouco mais bem-comportado, pois era menos pobre, à exceção de Lecocq d'Arneville. Belloir surrupiava uma garrafa de um velho Borgonha ou um conhaque da casa dos pais. Van Damme trazia salames.

"Estávamos convencidos de que as pessoas na rua nos olhavam com um misto de admiração e terror. E havíamos escolhido um nome enigmático, bem pomposo: Os Companheiros do Apocalipse...

"Acho até que ninguém tinha lido o Apocalipse inteiro... Só o Klein, que recitava algumas passagens de cor, quando estava bêbado.

"Tínhamos decidido rachar o aluguel da sede, mas Klein poderia morar aqui.

"Algumas garotas aceitavam vir posar de graça. Posar e o resto, naturalmente! E pintávamos empregadinhas à la Murger. Era um circo!

"Aqui está uma, no chão... Uma besta quadrada. Não interessa, nós a transformávamos numa madona.

"Beber era o mais urgente. Imprescindível subir a atmosfera em um tom... Lembro de Klein, no divã, tentando alcançar o mesmo resultado entornando um vidro de éter sulfúrico...

"E nós todos bravateávamos, esperando a embriaguez, as visões...

"Santo Deus..."

Jef Lombard colou a testa no vidro embaçado, depois voltou com um novo tremor na voz.

— De tanto provocar essa superexcitação, terminávamos com os nervos em frangalhos. Sobretudo os mais desnutridos... Entende? O pequeno Klein, entre outros... Um rapazola que não comia e...

"Naturalmente, estávamos redescobrindo o mundo! Tínhamos ideias sobre todos os grandes problemas. Execrávamos o burguês, a sociedade e todas as verdades estabelecidas...

"As afirmações mais mirabolantes cruzavam-se no ar tão logo virávamos alguns copos e a fumaça turvava a atmosfera. Misturávamos Nietzsche, Marx, Moisés, Confúcio, Jesus...

"Um exemplo, veja! Não lembro mais quem tinha descoberto que a dor não existe, que não passa de uma ilusão do nosso cérebro. Essa ideia me entusiasmou tanto que uma noite, no centro de uma roda arquejante, enfiei a ponta de um canivete no meio do braço, fazendo força para sorrir...

"E houve outras! Éramos uma elite, um pequeno grupo de gênios reunidos pelo acaso. Pairávamos acima do mundo convencional, das leis, dos preconceitos...

"Um círculo de deuses, não é mesmo? Deuses que às vezes morriam de fome, mas que andavam orgulhosamente pelas ruas, fulminando os transeuntes com seu desprezo...

"E planejávamos o futuro: Lecocq d'Arneville se tornaria um Tolstói. Van Damme, que fazia os cursos práticos da Escola dos Altos Estudos Comerciais, revolucionaria a economia política, derrubando os lugares-comuns sobre a organização da humanidade.

"Cada um tinha o seu lugar! Havia os poetas, os pintores e os futuros chefes de Estado...

"Movidos a álcool! Quer dizer... No fim, já estávamos tão acostumados aos nossos papéis que, tão logo chegávamos aqui, à luz erudita da lamparina, com um esqueleto na penumbra e a caveira servindo de taça comum, mergulhávamos automaticamente na tão almejada euforia.

"Os mais modestos já viam uma placa de mármore no muro da casa: *Aqui se reuniam os célebres Companheiros do Apocalipse...*

"Tudo dependia de quem traria o livro novo, a ideia extraordinária...

“Foi mero acaso não termos virado anarquistas! A questão foi seriamente discutida. Houve um atentado em Sevilha. A reportagem do jornal foi lida em voz alta.

“Não lembro quem exclamou:

“O verdadeiro gênio é destruidor!’

“E a nossa roda de criançolas discorreu horas a fio sobre essa ideia. Imaginamos um meio de fabricar bombas. Especulamos sobre o que seria interessante explodir...

“Então, já no sexto ou sétimo copo, o pequeno Klein passou mal. Não como das outras vezes. Uma espécie de crise nervosa... Ele rolava no chão, e só pensávamos no que aconteceria conosco se lhe acontecesse uma desgraça.

“Essa garota também era do grupo. Seu nome era Henriette. Ela chorava...

“Ah, que belas noites! Era questão de honra debandar somente depois da passagem do apagador dos bicos de gás, e, tiritando, íamos embora pela madrugada melancólica...

“Os ricos entravam em suas casas pulando a janela, dormiam, comiam, o que, bem ou mal, compensava os estragos da noite.

“Os outros, contudo, Klein, Lecocq d’Arneville e eu, vagávamos pelas ruas, mordiscávamos um pãozinho, olhávamos as vitrines com inveja.

“Naquele ano, fiquei sem agasalho porque preferi comprar um chapéu de cento e vinte fracos.

“Eu dizia que o frio, como o resto, era ilusão. E, inspirado em nossas discussões, eu declarava ao meu pai – um bom sujeito, operário de uma fábrica de armas, falecido pouco depois – que o amor dos pais é a forma menos nobre de egoísmo e que o primeiro dever do filho é renegá-los...

“Ele era viúvo. Saía às seis da manhã para o trabalho, quando eu estava chegando. Pois bem! Ele passou a sair mais cedo, para não me encontrar, porque os meus discursos o horrorizavam. E me deixava bilhetes na mesa. *Tem carne na despensa... Seu pai...*"

A voz de Jef sumiu momentaneamente. Ele olhou para Belloir, que se sentara na ponta de uma cadeira sem fundo e tinha os olhos fixos no teto, depois para Van Damme, que esmagava um cigarro.

– Éramos sete – disse Lombard em surdina. – Sete super-homens! Sete gênios! Sete criançolas!

"Janin, em Paris, continua na escultura. Quer dizer, fabrica manequins para uma grande fábrica. E, de tempos em tempos, engana a depressão modelando o busto de sua amante do momento.

"Belloir está no banco. Van Damme nos negócios. Eu tenho uma clicheria."

Houve um silêncio receoso. Jef engoliu a saliva e prosseguiu, enquanto as bolsas em que seus olhos se achavam embutidos pareciam se aprofundar.

– Klein se enforcou na porta da igreja. Lecocq d'Arneville disparou um tiro na boca em Bremen...

Novo silêncio. Dessa vez, Maurice Belloir, incapaz de se manter sentado, levantou-se e, atarantado, terminou posicionando-se diante da claraboia, enquanto se ouvia um barulho estranho em seu peito.

– E o último? – indagou Maigret. – Mortier, não é? O filho do fabricante de salames...

O olhar que Lombard lhe dardejou foi tão ardente que o comissário previu uma nova crise. Van Damme derrubou a cadeira.

– Foi em dezembro, não foi?

Maigret falava e não perdia uma palpitação de seus três companheiros.

– Fará dez anos daqui a um mês. Em um mês a coisa prescreve...

Primeiro foi recolher o revólver automático de Joseph Van Damme, depois a arma com tambor que Jef largara no chão pouco depois de sua chegada.

Ele não se enganara. Lombard roía a corda e, segurando a cabeça com as duas mãos, gemia:

– Meus filhos! Meus três filhinhos...

E, mostrando subitamente e sem pudor as faces banhadas de lágrimas ao comissário, explodiu, mais uma vez frenético:

– Por causa do senhor, exclusivamente do senhor, mal lambi a minha cria! Nem sei dizer como ela é... Entende?

10. Um Natal na Rue du Pot-au-Noir

Uma ventania deve ter varrido o céu, pois uma nuvem baixa e rápida fez com que todos os reflexos do sol se apagassem ao mesmo tempo. E, como se alguém tivesse apertado um interruptor, a atmosfera ficou cinza, uniforme, enquanto os objetos adquiriam um aspecto hostil.

Maigret entendeu a necessidade daqueles que se reuniam ali de quebrarem a luz da lamparina com vidros multicores, instalar misteriosas penumbras, mobiliar o ar com a fumaça do tabaco e os eflúvios do álcool.

E reconstituiu mentalmente os despertares de Klein, que, na manhã seguinte àquelas tristes orgias, acordava entre garrafas vazias e copos quebrados, imerso numa atmosfera rançosa, na luz glauca que varava do vitrô sem cortinas.

Jef Lombard, aniquilado, mantinha-se em silêncio, e foi Maurice Belloir quem tomou a palavra.

Uma mudança brusca, como se tivesse sido transportado para outro plano. A emoção do clicherista deixava-se trair por uma agitação de todo o seu ser, por espasmos, soluços, silvos de voz, vaivéns, momentos de exaltação e calma, para os quais era possível estabelecer um gráfico, como em casos de doença.

Belloir, dos pés à cabeça, na voz, no olhar e nos gestos, era de uma lucidez, sem dúvida produto de árdua concentração, que chegava a doer.

Ele não era homem de choro! Não conseguia sequer um esgar! Tudo congelado!

— Permita que eu continue, comissário? Daqui a pouco vai escurecer e não temos nada para iluminar...

Não era culpa dele se evocava assim um detalhe material. Tampouco falta de emoção. Era, inclusive, sua maneira de externá-la.

— Acho que éramos todos sinceros em nossas divagações, discussões, devaneios em voz alta.

"Era como Jef contou. De um lado, havia os ricos, que em seguida regressavam a suas casas, voltando a frequentar um ambiente próspero. Van Damme, Willy Mortier e eu... E até mesmo Janin, a quem nada faltava.

"No entanto, é preciso fazer uma menção especial a Willy Mortier. Um detalhe, entre muitos outros... Ele era o único a escolher suas amantes entre as profissionais das boates e dançarinas dos teatros de variedades. Pagava por elas...

"Um rapaz pragmático como o pai, que, chegando sem um tostão a Liège, escolheu sem repugnância o comércio de embutidos e enriqueceu com ele.

"Willy recebia quinhentos francos de mesada. Era uma fábula para nós. Jamais punha os pés na universidade, mandava colegas pobres anotarem as aulas para ele, fazia as provas graças a conchavos, propinas.

"Se apareceu aqui, foi unicamente por curiosidade, pois nunca houve comunhão de gostos nem de ideias.

"Por exemplo, seu pai comprava quadros de artistas, embora os desprezasse. Comprava também conselheiros comunais, e até vereadores, para obter determinadas vantagens. E os desprezava.

"Pois bem. Willy também nos desprezava. E vinha medir a diferença entre ele, o rico, e os demais.

"Não bebia. Quando estávamos bêbados, parecia sentir asco de nós. Ao longo de infindáveis discussões, limitava-se a poucas palavras, que eram como uma ducha fria, machucando pela crueza, diluindo toda a falsa poesia que éramos capazes de criar.

"Ele nos detestava! Nós o detestávamos! Além disso, era sovina. E cínico. Klein não se alimentava todos os dias e tentávamos ajudá-lo. Mortier, por sua vez, declarava:

"'Não quero que haja questões de dinheiro entre nós. Não quero ser recebido pelo fato de ser rico.'

"E dava exatamente a sua cota, quando todos raspavam o fundo dos bolsos para comprar alguma coisa para beber!

"Lecocq d'Arneville era quem copiava as aulas para ele. Ouvi Willy negando-se a lhe dar um adiantamento do valor combinado.

"Ele era esse elemento estranho, hostil que se vê em toda reunião de homens...

"Nós o tolerávamos. Mas, Klein, por exemplo, quando se embriagava, chamava-o violentamente à parte e desabafava tudo que carregava no coração. E o outro, um pouco pálido, o lábio desdenhoso, escutava.

"Falei das diversas facetas da sinceridade. Os mais sinceros certamente eram Klein e Lecocq d'Arneville. Uma afeição fraterna os unia. Ambos haviam tido uma infância difícil, criados por mães pobres. Ambos sonhavam mais alto e se exasperavam quando surgiam obstáculos intransponíveis.

"Para assistir às aulas noturnas da Academia, Klein trabalhava de dia como pintor de paredes. E confessava que sentia vertigens quando o mandavam para o alto da escada. Lecocq copiava as aulas e ensinava francês a estudantes estrangeiros. Costumava vir comer aqui. O fogareiro ainda deve estar em algum lugar."

Estava no chão, perto do divã, e Jef, com o semblante lúgubre, empurrou-o com o pé.

A voz despojada de Maurice Belloir, cujos cabelos não tinham um fio fora do lugar, continuou:

– Depois disso, em Reims, nos salões burgueses, ouvi alguém perguntar de brincadeira:

"'Em tais e tais circunstâncias, vocês seriam capazes de matar alguém?'

"Ou ainda o dilema do mandarim, que o senhor conhece... *Se bastasse apertar um interruptor para matar um mandarim riquíssimo nos confins da China e ser seu herdeiro, você faria isso?*

"Ora, onde os assuntos mais inesperados eram pretexto para discussões que duravam noites inteiras, o enigma da vida e da morte também devia ser colocado.

"Foi um pouco antes do Natal. A notícia de um crime publicada num jornal foi o estopim. Nevara... Nossas ideias tinham de sair do lugar-comum, certo?

"Então nos empolgamos com o tema: o homem não passa de uma excrescência sobre a crosta terrestre. Que importa sua vida ou sua morte? A compaixão não passa de uma doença. Os grandes animais devoram os pequenos. Nós devoramos os grandes.

"Lombard já lhe contou a história do canivete. Aqueles golpes que ele infligia a si mesmo para demonstrar que a dor não existe...

"Pois bem! Naquela noite, quando três ou quatro garrafas vazias jaziam no chão, discutíamos a sério a questão de matar alguém.

“Não estávamos no domínio puramente do teórico, em que tudo é permitido? Perguntávamos uns aos outros:

“‘Você teria coragem?...’

“Nossas retinas faiscavam. Calafrios doentios percorriam nossas omoplatas...

“‘Por que não? Uma vez que a vida é nada, é uma casualidade, acne da terra!...’

“‘Um desconhecido passando pela rua?...’

“E Klein, que era o mais bêbado, de olheiras, branco feito papel, respondeu:

“‘Sim!’

“Sentíamo-nos à beira do abismo. Receávamos transpor a linha. Desprezávamos o perigo, brincávamos com aquela morte que evocáramos e que parecia nos rondar.

“Alguém, acho que Van Damme, que tinha sido menino de coro, cantou o *Libera nos*, que o padre entoa perante os esquifes. Repetimos em coro. Nos impregnamos do sobrenatural.

“Mas naquela noite não matamos ninguém! Às quatro da manhã, eu estava tomando café com a minha família. Aquilo já era apenas recordação, compreende? Como a lembrança de uma peça de teatro que nos faz estremecer.

“Klein, por sua vez, não saía daqui, da Rue du Pot-au-Noir. Acumulava todas essas ideias em sua cabeça de ressentido. Elas o consumiam. Nos dias seguintes, ele deixava transparecer suas preocupações com perguntas súbitas.

“‘Acha realmente difícil matar?’

“Não queríamos recuar Não estávamos mais embriagados. Dizíamos sem convicção:

“‘Claro que não!’

“Porventura extraíamos uma alegria amarga desse delírio juvenil? Note bem, não queríamos produzir uma tragédia! Explorávamos o terreno até o limite dos limites...

“Quando ocorre um incêndio, os espectadores desejam involuntariamente que ele dure, que seja um 'belo incêndio'... Quando há uma enchente, o leitor dos jornais espera 'belas inundações', das quais ainda se fale vinte anos depois...

"*Alguma coisa de interessante! Qualquer coisa!*

"A noite de Natal chegou. Todos trouxeram garrafas de bebidas. Bebemos, cantamos... E Klein, já um pouco alto, ora chamava um, ora chamava outro à parte.

"'Acredita que eu seja capaz de matar?'

Não nos preocupamos. Meia-noite, ninguém permanecia sóbrio. Cogitamos comprar mais bebida.

"Nesse momento Willy Mortier chegou, de smoking, com um amplo peitilho branco que parecia condensar toda a luz. Estava corado, perfumado. Alardeou que vinha de uma festa chique.

"'Vá buscar alguma coisa para bebermos!' Klein gritou para ele.

"'Você está bêbado, amigo! Só passei para apertar a mão de vocês.'

"'O quê! Só isso?!'

"Já não era possível duvidar do que iria acontecer. O rosto de Klein estava mais assustador do que em suas bebedeiras anteriores. Ao lado do outro, parecia miniaturizado, comprimido, o cabelo desgrenhado, a testa gotejante de suor, a gravata arrancada.

"'Você está bêbado feito uma porca, Klein!'

"'Ah é?! Pois a porca está mandando você comprar bebida...'

"Acho que nesse momento Willy tremeu. Confusamente, percebeu que não estávamos rindo. Mesmo assim, bateu o pé.

"Tinha o cabelo negro, frisado, perfumado...

"'Vocês não parecem muito alegres por aqui!', deixou escapar. 'O ambiente está ainda mais bizarro do que na casa dos burgueses de onde venho...'

"'Vá buscar uma bebida...'

"E Klein contornava-o, encarando-o com olhos injetados. Alguém discutia determinada teoria de Kant a um canto. Outro chorava, jurando não ser digno de viver.

"Ninguém mantinha o sangue-frio. Nem todo mundo viu tudo. Klein, saltitando bruscamente, pequeno monte de nervos crispados, batendo.

"Achamos que ele tinha dado uma cabeçada no peitilho. Mas vimos sangue brotando... Willy abriu a boca..."

– Não! – implorou subitamente Jef Lombard, que se levantara e fitava Belloir com perplexidade.

Van Damme grudara novamente na parede, os ombros na diagonal.

Mas nada era capaz de deter Belloir, nem mesmo sua vontade. O dia ia morrendo. Os rostos pareciam cinzentos.

– Estavam todos em polvorosa... – prosseguiu a voz. – E Klein, encolhido e com a faca na mão, observava, atônito, Willy cambalear. Essas coisas não acontecem como as pessoas imaginam... Não sei explicar...

"Mortier não caía. Ainda assim, uma torrente de sangue saía pelo buraco do seu peitilho. A essa altura ele disse, tenho certeza:

"'Porcos!'

"E continuava em pé, no mesmo lugar, as pernas um pouco afastadas, como se para manter o equilíbrio. Afora o sangue, era como se estivesse bêbado...

"Seus olhos já eram naturalmente arregalados. Naquele instante, pareciam ainda mais. Sua mão esquerda esmagava o botão do smoking. E a direita apalpava a calça, atrás...

"Alguém deu um grito de pavor. Acho que foi Jef. E vimos a mão direita puxando lentamente um revólver do bolso. Uma coisinha preta de aço, toda dura.

"Klein rolava no chão, às voltas com uma crise nervosa. Uma garrafa caiu, espatifando-se.

"E Willy não morria! Balançava de maneira quase imperceptível. Olhava para nós alternadamente. Devia estar vendo tudo embaralhado. Ergueu o revólver...

"Então alguém se adiantou para lhe arrancar a arma, escorregou no sangue e ambos rolaram pelo assoalho...

"Houve certamente um embate! Porque Mortier não morria, entende? Seus olhos, seus olhos arregalados, continuavam abertos!

"E ele não desistia de tentar atirar! Repetiu:

"'Porcos!'

"A mão do outro conseguiu apertar sua garganta. De toda forma, não restava muita vida...

"Me sujei todo, enquanto o smoking continuava estendido no chão."

Van Damme e Jef Lombard olhavam com terror para o companheiro. Belloir concluiu:

– A mão que apertou o pescoço era a minha! O homem que escorregou na poça de sangue era eu...

Não estaria agora pisando exatamente no mesmo lugar? A única diferença era que estava limpo, impecável, o sapato imaculado, o terno bem escovado!

Usava um grande anel de ouro na mão direita, branca e cuidada, com as unhas feitas.

– Ficamos como que paralisados. Deitamos Klein, que pretendia se entregar. Ninguém falava. Não consigo explicar... No entanto, eu estava completamente lúcido! Repito: as pessoas fazem uma ideia falsa dos dramas. Arrastei Van Damme para o hall e conversamos em voz baixa, enquanto ouvíamos os uivos de Klein, debatendo-se.

"Quando nós três atravessamos o beco carregando o corpo, o sino da igreja badalou, não lembro que horas eram. O Meuse transbordara. Havia meio metro d'água no cais Sainte-Barbe e a correnteza estava violenta. A montante e a jusante, as barragens estavam deitadas. Mal percebemos um vulto escuro passar boiando na altura do bico de gás.

"Meu terno estava manchado, rasgado. Deixei-o no ateliê e Van Damme foi até a casa dele pegar uma muda de roupa para mim. No dia seguinte, inventei uma história para os meus pais."

– Os senhores voltaram a se encontrar? – indagou calmamente Maigret.

– Não... Deixamos a Rue du Pot-au-Noir em debandada. Lecocq d'Arneville permaneceu ao lado de Klein. Depois disso, nos evitamos, como se houvéssemos combinado. Quando nos esbarrávamos na cidade, nossos olhares se desviavam.

"Graças a um acaso, a enchente do rio, o corpo de Willy nunca foi descoberto. Ora, ele sempre omitira as relações que mantinha conosco. Não se vangloriava de ser nosso amigo. Chegamos a pensar em fugir. Depois, a investigação concentrou-se em outros locais, nas espeluncas onde se supunha que ele terminara a noite...

"Fui o primeiro a deixar Liège, três semanas depois. Interrompi bruscamente os estudos e comuniquei à minha família que desejava fazer carreira na França. Fui ser bancário em Paris...

"Foi pelos jornais que vim a saber que Klein se enforcara em fevereiro, na porta da igreja de Saint-Pholien.

"Um dia encontrei Janin em Paris. Não tocamos no drama. Mas ele me contou que também se instalara na França..."

– Fiquei sozinho em Liège – grunhiu Jef Lombard, cabisbaixo.

– O senhor desenhou enforcados e campanários de igreja – replicou Maigret. – Depois fez desenhos para os jornais. Depois...

E evocou a casa da Rue Hors-Château, as janelas com pequenos caixilhos verdes, o repuxo no pátio, o retrato da moça, o laboratório da clicheria, onde cartazes e páginas de revistas ilustradas invadiam pouco a pouco as paredes cobertas de enforcados.

E as crianças... A terceira, que nascera na véspera!

Não haviam transcorrido dez anos? E a vida, aos poucos, em toda parte, com maior ou menor fluidez, não havia retomado seu curso?

Van Damme circulara por Paris como os outros dois. O acaso o conduzira à Alemanha. Herdara dos pais. Tornara-se um importante homem de negócios em Bremen.

Maurice Belloir fizera um belo casamento! Galgara degraus na escada social!

Vice-diretor de banco! E a bela casa nova da Rue de Vesle... O filho que estudava violino...

À noite, jogava bilhar, com figurões como ele, no confortável salão do Café de Paris.

Janin contentava-se com namoradas efêmeras, ganhava a vida fabricando manequins, depois do expediente esculpia o busto das amantes...

Lecocq d'Arneville não se casara? Não tinha mulher e filho no herbanário da Rue Picpus?

O pai de Willy Mortier continuava a comprar, fabricar e vender salames via caminhões e trens, subornando conselheiros municipais e ampliando sua fortuna.

Sua filha se casara com um oficial da Cavalaria e, como este não aceitara entrar nos negócios, Mortier recusara-lhe o dote previsto.

O casal vivia em algum lugar numa cidadezinha de guarnição.

11. O toco de vela

Era quase noite. As fisionomias turvavam-se na penumbra, enquanto as feições pareciam mais esculpidas.

Foi Lombard quem disse nervosamente, como se o lusco-fusco lhe afetasse os nervos:

— Acendam uma luz, pelo amor de Deus!...

Restava um toco de vela numa lamparina, que estava ali fazia dez anos, pregada no mesmo prego, conservada como caução — assim como todo o resto, o divã destroçado, o pedaço de seda estampada, o esqueleto incompleto e os desenhos da moça de seios desnudos — pelo dono do imóvel, que nunca fora pago.

Maigret acendeu a luz e sombras dançaram nas paredes, que, como uma lanterna mágica, os vidros multicores tingiam de vermelho, amarelo e azul.

— Quando Lecocq d'Arneville veio vê-los pela primeira vez? — perguntou o comissário, voltado para Maurice Belloir.

— Há cerca de três anos. Eu não esperava por isso. A casa que o senhor viu acabava de ser terminada. Meu menino mal andava...

"A semelhança com Klein me impressionou... Não tanto a semelhança física, mas uma semelhança moral! A mesma febre devoradora... O mesmo nervosismo doentio...

"Ele chegou como um inimigo. Estava ofendido... ou desesperado... Não encontro a palavra.

"Escarnecia, falava com rispidez. Fingiu admirar minha casa, minha situação, minha vida, meu caráter. E, como acontecia com Klein quando bebia muito, minha impressão era de que ele estava prestes a romper em soluços.

"Ele pensou que eu o havia esquecido. Mentira! Só que preferi viver, entende? E foi para viver que trabalhei como um condenado...

"Ele não conseguiu. Verdade que morou com Klein nos dois meses seguintes àquela noite de Natal. Nós debandamos, enquanto eles ficaram nesta sala, no...

"Não sei explicar o que senti diante de Lecocq d'Arneville. Reencontrava-o, após tantos anos, exatamente o mesmo...

"Era como se a vida tivesse continuado correndo para uns e estancado para outros.

"Ele disse que havia adotado outro nome porque não queria conservar nada que lembrasse aquele drama. Tinha mudado de vida também. Nunca mais abrira um livro...

"Meteu na cabeça forjar uma nova existência, transformando-se em trabalhador braçal.

"Fui obrigado a ler nas entrelinhas, pois ele me dizia tudo isso junto com frases irônicas, censuras, acusações monstruosas...

"Ele havia fracassado! Fiasco total. Um pedaço dele continuava incrustado aqui...

"De nós todos também, acho. Mas não naquela intensidade. Não naquele grau doentio, sofrido!

"Creio que o rosto de Klein o assombrava, mais ainda que o de Willy.

"E casado, com um filho, tinha crises. Ia beber... Era incapaz não só de ser feliz como de se comportar com um pingo de serenidade.

"Gritou para mim que adorava a mulher e que a deixara porque, quando estava ao lado dela, sentia-se um ladrão.

"Um ladrão de felicidade! Da felicidade roubada de Klein... E do outro...

"Depois disso refleti muito, veja o senhor. E tive a impressão de que compreendi. Brincávamos com nossas ideias terríveis, com o misticismo, com a morbidez...

"Era um jogo. Brincadeira de criança. Mas pelo menos dois de nós deixaram-se arrebatar. Os dois mais exaltados.

"Klein e Lecocq d'Arneville. Alguém sugeriu matar? Klein ofereceu-se para fazê-lo! E depois se matou. E Lecocq, apavorado, os nervos em frangalhos, carregou esse pesadelo a vida inteira...

"Eu e os outros tentamos escapar, refazer contato com a vida normal.

"Lecocq d'Arneville, ao contrário, afundou irresistivelmente no remorso, num desespero feroz. Arruinou sua vida. Arruinou a vida da mulher e do filho!

"Então voltou-se contra nós. Por isso veio me procurar. Não entendi de imediato.

"Espionou *minha* casa, *meu* dia a dia, *meu* banco. Senti claramente que julgava seu dever destruir tudo isso.

"Para vingar Klein! Para se vingar!

"Veio com ameaças... Conservara o terno, com as manchas e os rasgos, única prova material dos acontecimentos da noite de Natal.

"Pediu dinheiro. Muito! Em seguida pediu mais.

"Não seria esse o ponto vulnerável? Toda a nossa situação, de Van Damme, Lombard, a minha, até mesmo a de Janin, não se baseava no dinheiro?

"Um novo pesadelo teve início. Lecocq não se enganara. Ia de um a outro, carregando consigo o terno sinistro. Calculava com exatidão diabólica as somas a nos extorquir, de maneira a nos imprensar contra a parede.

"O senhor foi à minha casa, comissário. Pois bem. Minha casa está hipotecada. Minha mulher julga seu dote intacto no banco, mas dele não resta mais um cêntimo. E cometi outras irregularidades!

"Ele foi duas vezes a Bremen ver Van Damme. Veio a Liège.

"Sempre rancoroso, determinado a destruir até uma pretensa felicidade.

"Éramos seis em torno do cadáver de Willy. Klein estava morto. Lecocq vivia um pesadelo sem fim.

"Quer dizer, era imperioso que fôssemos todos igualmente infelizes. O dinheiro, ele nem sequer tocava nele! Vivia tão modestamente como antes, quando dividia com Klein alguns centavos de linguiça. Ele queimava as cédulas!

"E cada uma daquelas cédulas queimadas representava dificuldades inauditas para nós...

"Já se vão três anos de luta, cada um no seu canto, Van Damme em Bremen, Jef em Liège, Janin em Paris, eu em Reims.

"Três anos durante os quais mal ousamos nos escrever, com Lecocq d'Arneville voltando a nos mergulhar, à nossa revelia, na atmosfera dos *Companheiros do Apocalipse*...

"Tenho uma esposa. Lombard também. Temos filhos. E, por eles, tentávamos resistir.

"Dias atrás, Van Damme nos telegrafou contando que Lecocq se matara, e marcamos um encontro aqui.

"Viemos todos. O senhor apareceu. Depois de sua partida, soubemos que o terno com sinais de sangue estava em suas mãos e que o senhor metera na cabeça seguir a pista."

– Quem me roubou uma das malas na Gare du Nord? – perguntou Maigret.

Van Damme respondeu:

– Janin! Eu tinha chegado antes do senhor. Estava lá, escondido numa das plataformas.

Ambos estavam cansados. O toco de vela talvez ainda durasse dez minutos, não mais. Um movimento em falso do comissário derrubou a caveira, que pareceu abocanhar o assoalho.

– Quem me escreveu para o Hotel da Ferrovia?

– Eu! – replicou Jef sem erguer a cabeça. – Por causa da minha filhinha. Filhinha que ainda não vi... Van Damme desconfiou. E Belloir. Os dois estavam no Café de la Bourse...

– Foi o senhor que atirou?

– Sim. Eu não aguentava mais... Queria viver! Viver! Com a minha mulher, com meus filhos... Fiquei de tocaia do lado de fora. Tenho cinquenta mil francos em letras de câmbio voando por aí. Cinquenta mil francos em títulos bancários que Lecocq d'Arneville queimou! Mas isso não é nada. Vou pagar, faço tudo que ele quiser. Mas sentir o senhor ali, no nosso rastro...

Maigret procurou Van Damme com os olhos.

– E o senhor se antecipava a mim, tentando destruir as pistas?

Calaram-se. A chama da vela tremeluzia. Jef Lombard era o único a receber a luz que atravessava um vidro vermelho da lamparina.

Então, pela primeira vez, a voz de Belloir claudicou.

– Há dez anos, imediatamente após a... a coisa... eu teria aceitado – disse. – Tinha comprado um revólver, para o caso de virem me prender. Mas dez anos de vida! Dez anos de sacrifícios... De luta! Com novos elementos: a mulher, os filhos... Acho que eu também teria sido capaz de empurrá-lo no Marne... Ou de atirar à noite, na saída do Café de la Bourse...

"Daqui a um mês, nem isso, vinte e seis dias, a coisa prescreve..."

Foi no silêncio que veio em seguida que a vela lançou um

último fulgor e se extinguiu bruscamente. A escuridão foi completa, absoluta.

Maigret não se mexeu. Sabia que Lombard estava à sua esquerda, em pé, Van Damme recostado na parede à sua frente, Belloir a apenas um passo de suas costas.

Esperou, sem sequer tomar a precaução de levar a mão ao bolso onde estava o revólver.

Sentiu nitidamente que Belloir tremia, ou melhor, tiritava da cabeça aos pés, até que riscou um fósforo e murmurou:

– Se preferir, podemos ir lá para fora...

À luz da chama, as retinas pareciam mais brilhantes. No vão da porta, depois na escada, os quatro se roçaram. Van Damme caiu, esquecendo que não havia corrimão depois do oitavo degrau.

A marcenaria estava fechada. Através das cortinas de uma janela, viram uma velha tricotando, iluminada por um lampião a querosene.

– Foi ali? – perguntou Maigret, apontando a rua de paralelepípedos irregulares que desembocava no cais, a cem metros de distância, e onde havia um bico de gás na esquina.

– O Meuse alcançava a terceira casa – respondeu Belloir. – Fui obrigado a entrar na água até os joelhos para... para que ele descesse a correnteza.

Dirigiram-se no sentido contrário e contornaram a nova igreja, erguida no meio de um descampado ainda não urbanizado.

Bruscamente, surgiram a cidade, os passantes, os bondes amarelo e vermelho, os ônibus, as vitrines.

Para chegar ao centro, era preciso atravessar a ponte dos Arcos, sob a qual a correnteza rápida quebrava ruidosamente nos pilares.

Jef Lombard devia estar sendo esperado na Rue Hors-Château: os operários, no rés do chão, em meio a tinas de ácido e clichês, pressionados pelos contínuos dos jornais; a esposa em cima, com sua boa e velha sogra e a filhinha de olhos ainda fechados, perdida nos lençóis brancos da cama...

E os dois filhos maiores, a quem mandavam calar-se, na sala de jantar enfeitada com enforcados...

Será que outra mãe, em Reims, dava aula de violino ao filho, enquanto a criada polia as barras de cobre da escada e tirava o pó do vaso de porcelana que continha a planta ornamental?

Fim do expediente, em Bremen, no prédio comercial. A datilógrafa e os dois funcionários deixavam o escritório moderno, e a eletricidade, cortada, afogava na penumbra a inscrição em porcelana: *Joseph Van Damme, encomendas, exportação*.

Talvez, nas cervejarias de música vienense, algum homem de negócios com a cabeça raspada observasse:

– Nossa! O francês não veio...

Na Rue Picpus, a sra. Jeunet vendia uma escova de dentes, ou cem gramas de camomila, cujas flores pálidas farfalhavam num saquinho.

O menino fazia seus deveres no fundo da loja.

Os quatro homens caminhavam sem pressa. A brisa soprava, varrendo, da frente de uma lua prateada, nuvens que só raramente se revelavam, no intervalo de poucos segundos.

Sabiam para onde iam?

Passaram por um bar iluminado. Um bêbado saiu, trôpego.

– Tenho compromissos em Paris! – pronunciou subitamente Maigret, detendo-se.

E, enquanto os três olhavam para ele sem saber se deviam alegrar-se ou desesperar-se e sem ousar uma palavra, ele afundou as mãos nos bolsos.

– Há cinco crianças nessa história...

Não tiveram certeza de ouvir direito, pois o comissário resmungou essas palavras consigo mesmo, sibilinamente. E não viram mais nada senão suas costas largas se afastando, seu sobretudo preto com gola de veludo.

– Uma na Rue Picpus, três na Rue Hors-Château, uma em Reims...

Na Rue Lepic, para onde ele se dirigiu ao deixar a estação, a zeladora avisou:

– Não vale a pena subir! O sr. Janin não está em casa. Pensamos que era uma bronquite, mas a pneumonia se revelou e o levaram para o hospital.

Então ele tomou o caminho do Quai des Orfèvres. Lá, encontrou o inspetor Lucas, que telefonava para o dono de um bar em situação irregular.

– Recebeu a carta, amigo?

– Resolvido? Conseguiu?

– Rigorosamente nada!

Era uma das expressões favoritas de Maigret.

– Eles fugiram? Sabe, aquela carta me deixou preocupadíssimo... Quase corri para Liège. Do que se tratava? Anarquistas? Falsários? Uma quadrilha internacional?

– Fedelhos! – ele deixou escapar.

E jogou em seu armário a mala que continha o que um perito alemão chamara, em longos e minuciosos relatórios, de terno B.

– Que tal um chope, Lucas?

– O senhor não parece muito alegre...

– Que ideia, meu velho! Não há nada mais engraçado do que a vida. Vamos lá?

Instantes depois, empurravam a porta giratória da Brasserie Dauphine.

Poucas vezes Lucas ficou tão perplexo. Em lugar de chope, seu chefe tomou seis absintos, praticamente um atrás do outro, o que não o impediu de declarar com voz razoavelmente firme, não obstante seu olhar exprimir alguma coisa de vago que não lhe era habitual:

– Tome nota, meu velho, mais dez casos iguais a esse e peço demissão... Porque seria a prova de que lá no alto existe um tal de Bom Deus se encarregando de fazer o trabalho da polícia...

Verdade que, enquanto acenava para o garçom, acrescentou:

– Mas não se preocupe. Nunca haverá dez. E na PJ? Quais as novidades por lá?...

ESTA OBRA FOI COMPOSTA EM GUARDIAN TEXTEGYP POR RITA DA COSTA AGUIAR E IMPRESSA EM OFSETE PELA GEOGRÁFICA SOBRE PAPEL PÓLEN SOFT DA SUZANO PAPEL E CELULOSE PARA A EDITORA SCHWARCZ EM ABRIL DE 2014